Cómo inculcar
Valores a sus Hijos

Cómo inculcar Valores a sus Hijos

Dorothy Law Nolte y Rachel Harris

Traducción de
Elvira Heredia

PLAZA & JANÉS EDITORES, S.A.

Título original: *Children Learn What They Live*
Ilustraciones interiores © 1998, Annette Cable

Primera edición en U.S.A.: abril, 1999

© 1998, Dorothy Law Nolte y Rachel Harris
   Publicado por acuerdo con Workman Publishing Company,
   Nueva York
© de la traducción, Elvira Heredia
© 1999, Plaza & Janés Editores, S. A.
   Travessera de Gràcia, 47-49. 08021 Barcelona

Printed in Spain – Impreso en España

ISBN: 0-553-06104-6

Distributed by B.D.D.

DEDICATORIA

*Dedico este libro con placer y cariño a
todos los niños del mundo.*
DOROTHY LAW NOLTE

*A mi hija, Ashley, que me ha enseñado
a amar y a ser madre.*
RACHEL HARRIS

AGRADECIMIENTOS

Nuestra más sincera gratitud a nuestra editora,

Margot Herrera, por su contribución y ayuda

en la redacción de este libro.

También agradecemos a Janet Hulstrand la lectura

crítica y enriquecedora del manuscrito.

Nuestro más cordial reconocimiento a

la diseñadora Nancy González, así como a

Bob Silverstein, nuestro agente.

ÍNDICE

Los niños aprenden lo que viven

Si los niños viven con reproches, aprenden a condenar.

Si los niños viven con hostilidad, aprenden a ser agresivos.

Si los niños viven con miedo, aprenden a ser aprensivos.

Si los niños viven con lástima, aprenden a autocompadecerse.

Si los niños viven con ridículo, aprenden a ser tímidos.

Si los niños viven con celos, aprenden a sentir envidia.

Si los niños viven con vergüenza, aprenden a sentirse culpables.

Si los niños viven con ánimo, aprenden a confiar en sí mismos.

Si los niños viven con tolerancia, aprenden a ser pacientes.

Si los niños viven con elogios, aprenden a apreciar a los demás.

Si los niños viven con aceptación, aprenden a amar.

Si los niños viven con aprobación, aprenden a valorarse.

Si los niños viven con reconocimiento, aprenden que es bueno
[tener una meta.

Si los niños viven con solidaridad, aprenden a ser generosos.

Si los niños viven con honestidad, aprenden qué es la verdad.

Si los niños viven con ecuanimidad, aprenden qué es la justicia.

Si los niños viven con amabilidad y consideración, aprenden
[a respetar a los demás.

Si los niños viven con seguridad, aprenden a tener fe en sí mismos
[y en los demás.

Si los niños viven con afecto, aprenden que el mundo es un maravilloso
[lugar donde vivir.

DOROTHY LAW NOLTE

Prefacio

De Jack Canfield, coautor de
Sopa de pollo para el alma y
Sopa de pollo para el alma materna

Descubrí *Los niños aprenden lo que viven* a principios de los setenta, cuando estaba escribiendo un libro sobre cómo potenciar la autoestima de los niños en clase. La primera vez que leí el poema me gustó tanto que decidí repartir una copia del mismo a todos los profesores de la escuela donde trabajaba. Cada verso parecía contener una afirmación que mi intuición reconoció de inmediato como cierta. A decir verdad, me resultó sorprendente que tanto acopio de sabiduría pudiera condensarse en tan pocas palabras.

Nunca pensé en la posibilidad de conocer personalmente a la autora de aquel poema y sin embargo, años después, al asistir a una conferencia de psicología, tuve la ocasión de hacerlo. Dorothy y su marido Claude me invitaron a subir a su habitación de hotel para charlar con ellos. Ambos me trataron con la aceptación, amabilidad, ánimo y amistad que Dorothy postulaba en su poema. Aquélla fue una tarde que jamás olvidaré. Dudo que sospecharan hasta qué punto su amor y comprensión influyeron en aquel joven educador que, por entonces, luchaba por aprender a aceptarse a sí mismo para enseñar a sus alumnos a amarse y aceptarse.

Aunque teorizar sobre cualquier principio siempre resulta más fácil que ponerlo en práctica, el conjunto de máximas contenidas en *Los niños aprenden lo que viven* no sólo me fue de gran utilidad en mi relación con mis alumnos, sino que más tarde también me ayudó mucho a relacionarme positiva y constructivamente con mis tres hijos.

En mis treinta años como educador y director de talleres de padres, he llegado a la conclusión de que la mayoría de padres desean realmente ser cariñosos, tiernos, compasivos, tolerantes, honestos y justos con sus hijos. El problema radica en que la mayoría de ellos nunca ha asistido a un curso sobre los métodos específicos y las técnicas más apropiadas para relacionarse y comunicarse mejor con sus hijos, para, en definitiva, aprender a ser condescendientes, honestos y justos sin dejar de ser disciplinados.

Jamás he conocido a un padre que se despierte por la mañana y diga a su esposa: «He pensado en cuatro maneras eficaces de destruir la autoestima del pequeño Billy. Podemos juzgarle, ridiculizarle, avergonzarle y mentirle.» Ningún padre planea con premeditación y alevosía herir a sus hijos y, sin embargo, a veces lo hacemos. Cuando esto ocurre, normalmente es fruto de nuestras propias limitaciones, de nuestro temor por transmitirles nuestras frustraciones o nuestros complejos emocionales.

Romper con los modelos negativos y destructivos que pueden controlar inconscientemente la relación con nuestros hijos y adoptar un modelo de vida encaminado a educarlos sanos, felices y equilibrados, es un verdadero acto de valentía.

En *Los niños aprenden lo que viven*, Dorothy Law Nolte comenta cada verso de su poema clásico y, mediante anécdotas y ejemplos específicos, nos enseña cómo practicar diariamente los valiosos preceptos que éste contiene. Sirviéndose de un lenguaje simple y de fácil comprensión, Dorothy nos explica cómo ser menos críticos y más tolerantes, menos categóricos y más flexibles, menos disuasivos y más alentadores, menos hostiles y más amigables con los niños.

Cuando lean este libro no sólo aprenderán a ser padres positivos, sino también a ser mejores cónyuges, profesores y a mejorar sus relaciones laborales. Los principios y métodos presentados aquí son máximas universales que potencian positivamente el amor, el respeto y el enriquecimiento de las relaciones interpersonales. Estoy convencido de que si todos practicásemos dichos principios habría menos violencia y menos guerras, menos huelgas y más productividad laboral, menos academicismo y más interacción personal entre alumnado y profesorado en los centros educativos, menos gente en la cárcel, en instituciones de protección social o en centros de rehabilitación para drogadictos. En este sentido, les animo a que consideren que la mayoría de los problemas apremiantes del mundo actual se generan en nuestro propio hogar y que, en consecuencia, nuestro esfuerzo diario por llegar a ser buenos padres contribuye positiva y sólidamente a mejorarlo.

¿Qué puede ser más gratificante en esta vida que educar a nuestros hijos para que sean personas seguras de sí mismas, pacientes, tolerantes, nobles, educadas, correctas, respetuosas y amigables con los demás? ¿Se imaginan una ciudad gobernada por políticos que hagan gala de dichas cualidades? Yo puedo, y Dorothy también. En realidad, este deseo es el motivo por el que todos los que nos dedicamos al mundo de la educación seguimos adelante y alentamos a quienes nos siguen a continuar con nuestra misión.

Ser padres es una noble tarea. Así pues, en tanto que padres, no subestimen nunca su poder para crear un futuro mejor para sus hijos y el resto de la humanidad. Este libro les ayudará a ser los padres que siempre desearon ser, a educar a unos hijos por los que siempre se sentirán orgullosos, a potenciar en ellos la conciencia social que constituirá y consolidará el mundo en que todos deseamos vivir.

JACK CANFIELD

La historia de
Los niños aprenden
lo que viven

C ompuse *Los niños aprenden lo que viven* en 1954 para mi columna semanal sobre vida familiar creativa de un periódico local del sur de California. Por aquel entonces, además de ser madre de una hija de doce años y de un hijo de nueve, impartía clases de vida familiar en el programa de educación para adultos de la escuela local y también dirigía el taller de educación de padres en un parvulario.

Cuando escribí el poema, no tenía la menor idea de que con el tiempo llegaría a ser un clásico. El objetivo inicial de *Los niños aprenden lo que viven* era responder las preguntas que los padres que asistían a mis clases solían formularme. En este sentido, mi pretensión no era más que reflejar su constante inquietud por descubrir qué significaba realmente ser padres. En los años cincuenta, ajenos todavía a la nueva tendencia pedagógica del aprendizaje significativo y orientador, los padres educaban a sus hijos de forma autoritaria, inculcándoles lo que debían y no debían hacer. *Los niños aprenden lo que viven* nació, pues, con la modesta intención de enseñar a los padres que la mejor forma de educar a sus hijos era sirviéndoles de ejemplo, es decir, practicando diariamente en el seno de la vida familiar los valores que deseaban potenciar en ellos.

Desde entonces este libro ha sido citado en muchos foros y, a través de los Laboratorios Abbott, difundida una versión reducida del poema entre millones de nuevos padres en hospitales y también entre el personal médico. El poema ha sido traducido a diez idiomas y publicado en todo el mundo; ha sido y sigue siendo citado internacionalmente como material pedagógico en las escuelas de formación de padres. Así pues, dondequiera que mi poema sea citado, siempre albergo la esperanza de que sirva de guía e inspiración a los padres en la tarea más importante y difícil de su vida: educar a sus hijos.

Los niños aprenden lo que viven parece tener vida propia. Desde que fuera publicado por primera vez, ha seguido su propio rumbo. El poema ha sido modificado, adaptado y descontextualizado en innumerables ocasiones para adecuarlo a propósitos ajenos a su objetivo inicial. Un día, al entrar en una librería, leí un rótulo que rezaba: «Si un niño vive rodeado de libros cosechará sabiduría.» El poema ha sido publicado bajo muy distintos títulos: «El credo de los niños», «El credo de los padres», «Qué aprende un niño». En Japón, y para mi sorpresa, ha sido titulado «El aprendizaje de los indios americanos» (quizá el traductor japonés creyó que el poema pertenecía a la cultura india americana). No obstante y al margen de sus posibles interpretaciones, lo verdaderamente importante es que, a pesar de los años, el poema ha sobrevivido.

Aunque he aceptado con resignación la mayoría de los cambios a que el poema ha sido sometido durante cuatro décadas, a veces no he podido evitar sentirme molesta por la tergiversación de mis palabras. En una de las múltiples interpretaciones, el último verso reza: «Si los niños viven con aceptación y afecto, aprenden a descubrir el amor en el mundo.» En mi opinión, garantizar amor o alentar su búsqueda es un error. El amor emerge desde lo más profundo de nuestro ser. Una persona afectuosa genera amor y lo transmite y comparte con los demás. El amor no es un tesoro a descubrir. El último verso de mi poema, «Si los niños viven con afecto aprenden que el mundo es un lugar maravilloso donde vivir», es un canto al optimismo que potencia positivamente la esperanza de nuestros hijos mientras exploran el mundo que les rodea.

De ahora en adelante, cuando vea *Los niños aprenden lo que viven* publicado en una revista o en un póster, recuerde siempre el mensaje vital implícito en cada uno de sus versos, aunque al pie del poema no figure autor alguno o atribuyan su autoría a un «autor anónimo».

Los tiempos cambian

Puesto que desde su publicación el mundo ha cambiado, he introducido algunos cambios en el poema. El más significativo surgió como consecuencia directa de una mayor conciencia social en el tema de la identidad sexual. Originariamente el sujeto del poema era, aunque colectivo, marcadamente masculino, «Si un niño...», pero a principios de los años ochenta, en un intento por utilizar un lenguaje políticamente correcto, lo cambié por el plural «niños» que, a pesar de ser morfológicamente masculino, semánticamente incluye ambos géneros.

También fue en la década de los ochenta cuando decidí desdoblar uno de los versos originales, «Si los niños viven con honestidad y ecuanimidad, adquieren el valor de la verdad y la justicia». Así, en la versión actual del poema, leemos: «Si los niños viven con honestidad, aprenden qué es la verdad» y «Si los niños viven con ecuanimidad, aprenden qué es la justicia». Los niños contemplan la honestidad y la ecuanimidad como dos cualidades independientes. En este sentido, con dicha modificación pretendía poner énfasis en que tanto la verdad como la justicia son dos valores que, aunque estrechamente relacionados, tienen distintas connotaciones específicas. En 1990 incluí en el poema un nuevo verso: «Si los niños viven con amabilidad y consideración, aprenden a respetar a los demás». En una sociedad cada vez más multicultural, era preciso hacer hincapié en la necesidad de potenciar el respeto mutuo como base indispensable para integrar armónicamente las diferencias raciales y culturales en nuestra interacción con los demás.

Mientras trabajaba en la redacción del presente libro, he reflexionado mucho acerca del verso «Si los niños viven con honestidad, aprenden qué es la verdad». A mediados de los cincuenta, cuando compuse el poema, el concepto de «verdad» tenía una connotación marcadamente dogmática. Sin embargo, cuatro décadas después se ha demostrado que la verdad no es un valor universal inalterable, sino relativo y convencional. Así pues, la connotación implícita de la palabra «verdad» es «veracidad», ya que considero que esta última se adecúa mejor a la expectativa real de los niños de hoy en día por descubrir su propia y particular verdad.

El poema, tal y como aparece en las primeras páginas de este libro, es la última y más novedosa versión de *Los niños aprenden lo que viven*.

El poder del lenguaje

Durante estos años he tenido la gran satisfacción de hablar de mi poema con personas que me han comentado con plena familiaridad y complicidad lo útil que les ha resultado.

«Quizá no le parezca muy ortodoxo, pero lo cierto es que tengo colgado su poema en el cuarto de baño», me explicó una madre. Al parecer, aquél era el único lugar de la casa donde disfrutaba de intimidad personal cuando necesitaba reflexionar durante unos minutos acerca de su misión como madre. Un hombre me comentó que había colgado mi poema en la puerta interior del garaje para recordarlo siempre que llegaba a su casa. En ambos casos, *Los niños aprenden lo que viven* sirvió para hacerlos reflexionar sobre su papel como padres, así como para recobrar su perspectiva como tales.

Hace poco, una abuela me explicó que el poema era una fuente de inspiración en su relación con sus nietos. Había sido su biblia particular al criar a sus propios hijos e iba a serlo también para la siguiente generación. Otra mujer me escribió para comentarme que el poema «fue su primera lección como madre». El que mucha gente haya compartido conmigo su relación personal con el poema me ha revelado que éste puede ser un modelo práctico para todos aquellos que se enfrentan diariamente a la difícil tarea de ser padres.

Los niños aprenden lo que viven transmite un claro y sencillo mensaje: los niños aprenden constantemente de sus padres. Aunque no sean conscientes de ello, lo cierto es que sus hijos depositan toda su atención en ustedes. Quizá no presten demasiada atención a sus palabras, pero sí a sus obras. En tanto que padres es normal que luchen por inculcar a sus hijos ciertos valores, sin embargo los niños sólo harán propios aquellos que ustedes les transmitan a través de su conducta, sentimientos y actitudes ante la vida cotidiana. La forma de expresar y dominar sus propios sentimientos será el modelo que sus hijos recordarán a lo largo de toda su vida.

En mi opinión, todo niño es un ser único e irrepetible que

posee un mundo propio de capacidades y sabiduría innatas. El privilegio de los padres es ser testigo del despliegue del *yo* interior de sus hijos y permitir que su belleza ilumine el mundo.

Me gusta creer que el poema ha superado la prueba del tiempo brindando a varias generaciones de padres la posibilidad de educar a sus hijos. En este sentido, mi mayor deseo es que tanto el poema como el presente libro les guíe e inspire a confiar en sus propios sentimientos y en su intuición al educar a sus hijos, y les sirva para recordar y valorar esos recursos únicos e irrepetibles que irán desplegando mientras aprenden a participar y colaborar con ustedes en la vida familiar. Así, y sólo así, lograrán consolidar una sincera relación con sus hijos que motivará, fomentará y cimentará la unidad familiar.

Cuando los padres leen por primera vez mi poema no descubren nada nuevo. Probablemente todo cuanto en él se expresa forma parte de esa sabiduría innata que, en tanto padres, todos poseemos pero que, no obstante, nunca está de más recordar y reconducir. En este sentido, la pretensión de este libro es ampliar el significado implícito en los versos del poema. Me gustaría que, al leerlo, imaginaran que estamos juntos conversando y compartiendo nuestras experiencias como padres. Espero que mi poema cobre vida y sentido en sus manos. Recuerden: los niños aprenden lo que viven y crecen viviendo todo cuanto han aprendido.

DOROTHY LAW NOLTE

Si los niños viven con reproches, aprenden a condenar

Los niños son como esponjas, absorben todo cuanto hacemos y decimos. Aprenden de nosotros todo el tiempo, incluso cuando no somos conscientes de que les estamos enseñando algo. Así pues, si somos críticos, si emitimos juicios negativos contra ellos, los demás o el mundo que nos rodea, les estamos enseñando indirectamente a sojuzgar a los demás, o lo que es peor, a ellos mismos. En otras palabras, les estamos enseñando a descubrir los aspectos negativos del mundo en lugar de los positivos.

Una actitud reprobatoria puede ser transmitida de muy diversas formas. Todos sabemos censurar con una mirada inquisitiva, un gesto brusco o hablando con tono autoritario. Por ejemplo, un padre puede decir: «Se hace tarde, tenemos que irnos» sin que sus palabras tengan alguna connotación implícita. En cambio, si pronuncia la misma frase con impaciencia y cierto retintín, su sentido implica: «Llegaremos tarde porque no te apresuras.» Aunque la frase sea la misma, el niño captará los dos mensajes de muy distinta forma; es más, puede que el segundo despierte en él un incomprensible sentido de culpabilidad.

Todos tenemos nuestras manías y a veces resulta inevitable emitir juicios de valor ante la presencia de nuestros hijos. No obstante, esto no es lo mismo que seguir un modelo de vida dominado por la censura y el reproche. La crítica constante

—al margen de a quién vaya dirigida— surte un efecto negativo en la atmósfera de la vida familiar. Así pues, en tanto que padres, crear un ambiente emocional tenso y crítico o comprensivo y motivador, depende enteramente de nosotros.

En un momento de acaloramiento...

La pequeña Abby, de seis años, está de pie junto a la mesa de la cocina. Acaba de cortar algunas flores del jardín y se dispone a ponerlas en un jarrón de plástico lleno de agua. De pronto, el jarrón le resbala de las manos y, en cuestión de segundos, el agua y las flores se esparcen por el suelo. Con la camiseta empapada y los ojos llenos de lágrimas, Abby permanece de pie, en medio del estropicio, sin saber qué hacer.

—¡Qué desastre! —exclama su madre exasperada, tras irrumpir en la cocina—. ¿Cómo puedes ser tan torpe?

Todos, alguna que otra vez, hemos reaccionado como la madre de Abby. Las palabras fluyen sin siquiera pensarlas. Quizá estemos cansados o preocupados por algo ajeno a lo que acaba de ocurrir. Sin embargo, todavía no es demasiado tarde para cambiar de tono de voz y evitar que este pequeño percance alcance dimensiones desproporcionadas y afecte la autoestima de nuestro hijo. Si la madre de Abby reprime su nerviosismo y se diculpa por haber gritado, la niña lamentará el incidente pero no se sentirá culpable. Pero, si mientras limpia el suelo de la cocina, la madre le sigue haciendo reproches, es posible que Abby se considere una persona torpe e incompetente.

A pesar de saber qué es lo mejor para nuestros hijos, reprimir nuestro enojo o irritación no es fácil. La mayoría de nosotros tiene que esforzarse mucho para comprender y asumir las propias reacciones emocionales. En este sentido, es muy útil tener una respuesta alternativa. Si en lugar de exasperarnos, preguntamos «¿Qué ha pasado?», el énfasis de nuestras palabras no recaerá en el niño, sino en el hecho en cuestión. Esta fórmula tan sencilla no sólo libera al niño de la posible sensación de incompetencia o fracaso, sino que abre en él la posibilidad de aprender constructivamente cómo hacer mejor las cosas. Motivar al niño a hablar acerca de lo ocurrido nos obliga, tanto a él como a nosotros mismos, a reflexionar sobre la secuencia de acciones previas al acontecimiento y, en consecuencia, a descubrir cómo obrar en el futuro.

Algunos accidentes pueden prevenirse si previamente dedicamos un tiempo a planificar y establecer los límites de cualquier proyecto. El mayor deseo de nuestros hijos es, casi siempre, complacernos, y una de las mejores formas de ayudarles a conseguirlo es explicándoles con claridad qué esperamos de ellos. Nuestras sugerencias deben ser específicas y acordes con su edad, formuladas de modo que proporcionen al niño la información precisa y necesaria para guiar su conducta.

Un día lluvioso, Ben, de cuatro años, le preguntó a su madre si él y su amigo podían jugar con la colección de animales de plástico en el salón. Para la madre, que en aquel momento estaba enfrascada con la contabilidad doméstica, lo más fácil hubiera sido asentir y dejar que los niños hicieran lo que quisieran. Sin embargo, ante la petición de su hijo, abandonó sus quehaceres y extendió sobre la alfombra del salón una vieja cortina de baño.

—¿Por qué no os sentáis aquí encima? —sugirió—. Así, tendréis todo este espacio para jugar con los animalitos de la granja.

Mientras los niños esparcían los animales sobre la cortina de plástico, Ben preguntó a su madre:

—¿Podemos usar los cuchillos de la cocina?

—No, cariño, los cuchillos no son para jugar. ¿Por qué no jugáis con los moldes para hacer galletas?

—¡Vale! —exclamó el niño—. ¿Podemos jugar con las cucharas de madera también?

 23

—Por supuesto —asintió la madre, al tiempo que reunía una serie de utensilios de cocina inofensivos—. Y recordad, chicos, cuando acabéis de jugar todos ayudaremos a recoger, ¿de acuerdo?

Aunque la madre de Ben tuvo que interrumpir sus quehaceres, es posible que esos cinco o diez minutos sirvieran para evitar reprochar a su hijo el haber esparcido los juguetes por la alfombra del salón. Asimismo, que su madre se implicara en la planificación del juego, proporcionó a Ben la oportunidad de negociar los utensilios de cocina con que quería jugar. A pesar de que este enfoque implique perder tiempo *a priori*, favorece la posibilidad de potenciar en el niño la creatividad y la toma de decisiones. En efecto, tener voz activa en las decisiones diarias les ayuda a construir una imagen positiva de ellos mismos, a sentirse competentes.

Pero seamos realistas. No siempre disponemos de tiempo para prever que todo funcione tal como desearíamos. Un día, una amiga mía urgía a su hija de cinco años, Katie, de que se apresurara a salir de casa. Mientras salían la madre dijo:

—Date prisa, cariño. Vamos a la peluquería para que te corten el cabello y no quiero llegar tarde.

Katie exclamó que no quería que le cortaran el cabello. Frustrada por la reticencia de la niña, su madre le dijo que no fuera tozuda. Tras escuchar aquella palabra, Katie se enojó hasta el punto de no querer hablar. Es posible que para un adulto la frase de mi amiga no connote reprobación alguna, sin embargo el mensaje que Katie recibió fue: «Eres una niña mala porque eres tozuda.»

Cuando a Katie se le pasó la rabieta, le explicó a su madre que no quería que le cortaran el flequillo, que quería tenerlo largo. Al comprender el auténtico motivo de la reacción de su hija, mi amiga la miró y le dijo:

—Está bien, cariño. No te preocupes, advertiremos a la peluquera que no te corte el flequillo, ¿de acuerdo?

Si durante el desayuno la madre hubiera comentado con Katie el tema del corte de cabello, habría podido evitar el berrinche de la niña.

Por supuesto, no importa lo flexibles o pacientes que seamos con nuestros hijos o hasta qué punto seamos capaces de prever sus reacciones, siempre habrá momentos en los que no estaremos de acuerdo con ellos. En este sentido, la cuestión radica en cómo resolver los conflictos evitando males mayores. Recuerden: si una partida de ajedrez termina en tablas, nadie gana. La madre de Katie respetó el derecho de su hija a decidir cómo quería que le cortaran el cabello. Compartir el control de pequeños asuntos consolida la confianza que nuestros hijos depositan en nosotros para futuras negociaciones sobre decisiones de mayor envergadura, en especial durante su adolescencia. Si crecen sabiendo que les escucharemos y respetaremos sus ideas, no dudarán en hablar con nosotros y pedirnos ayuda cuando tengan problemas.

Cómo decir las cosas

Cuando censuramos a nuestros hijos solemos hacerlo para motivarles a hacer las cosas mejor. Es probable que nuestros padres utilizaran este método con nosotros cuando éramos niños. Sin embargo, cualquier comentario reprobatorio, en lugar de motivar, despierta en los niños un mecanismo instintivo de defensa que coarta cualquier posible conato de cooperación. Para un niño de corta edad resulta muy difícil comprender que la crítica no va dirigida directamente a él sino a su actitud.

No obstante, esto no significa que no podamos transmitir a nuestros hijos lo que nos desagrada. Si nos tomamos el tiempo suficiente para considerar el impacto que nuestras palabras surtirán en ellos, podemos hacerlo sin menoscabar su autoestima.

En cuanto el padre de William escuchó el estrépito, supo

exactamente lo que había ocurrido. Tras levantarse de la silla, salió de la cocina y se encaminó hacia el salón, consciente de que los restos del cristal de la ventana estarían esparcidos por el suelo. Al entrar en el salón, su hijo de ocho años, de pie en el jardín, le miró con timidez y guardó silencio. El bate de béisbol estaba sobre el césped del jardín y la pelota en el suelo del salón.

—Supongo que ya habrás aprendido la lección: Nunca juegues a béisbol cerca de la casa —comentó el padre.

William bajó la mirada y se encogió de hombros.

—Sí papá. Pero yo... —titubeó— yo jugaba con cuidado...

—No, Will —interrumpió el padre con severidad—, no se trata de jugar con cuidado. La lección es jugar a cierta distancia de la casa.

—Lo siento, papá —se lamentó William esperando que su disculpa pondría punto final a la discusión.

Tras una pausa, el padre le lanzó una mirada inquisitiva y a continuación dijo:

—Está bien, cuando terminemos de limpiar el salón calcularemos cuánto costará reparar la ventana y cuánto tiempo tendrás que ahorrar para pagarla con tu asignación semanal.

Las palabras de su padre fueron para William un jarro de agua fría pues, de pronto, comprendió la terrible consecuencia del error cometido. Consciente de que el niño se encogía de hombros como si cargara sobre ellos el peso de la responsabilidad, el padre rompió el hielo:

—¿Sabías que el abuelo me hizo pagar el cristal de una ventana que rompí cuando tenía tu edad? —contó al niño, que ahora prestaba atención a las palabras de su padre.

—¿De veras? —inquirió el niño, absorto por la confesión de su padre.

—Sí, Will. Tardé tanto tiempo en ahorrar el dinero que nunca más volví a romper una ventana. Y ahora ve a buscar la escoba y la pala... Tenemos que limpiar el salón antes de que mamá regrese de la compra.

Poner demasiado énfasis en la culpa o el castigo crea un distanciamiento entre padres e hijos, nunca proximidad. Lo cierto es que todos cometemos errores y que, por supuesto, ciertos accidentes son inevitables. Saber reaccionar correctamente y transmitir mensajes positivos en momentos conflictivos favorece que nuestros hijos aprendan, a través de la experiencia, a establecer la relación entre la causa y la consecuencia de lo ocurrido, y a comprender cómo deben obrar en el futuro para evitar el mismo error.

Refunfuñar

Quizá no seamos conscientes, pero refunfuñar y quejarnos constantemente son dos sutiles formas de censurar. El mensaje subliminal que se esconde tras esta actitud crítica es: «No confío en ti.» Esperar lo peor de nuestros hijos ni les ayuda ni resulta provechoso para nosotros. Incluso los niños de corta edad aprenden a desconectar con rapidez cuando repetimos hasta la saciedad las típicas quejas, por no hablar de los adolescentes, expertos por su habilidad de hacer oídos sordos a nuestras palabras, lleven o no auriculares.

En lugar de refunfuñar, es mucho mejor establecer rutinas previsibles con expectativas razonables. Por ejemplo, a los padres que asisten a mis talleres siempre les sugiero una simple pero efectiva estrategia para evitar caer en la consabida frase hecha «no olvides...»: enfatizar la palabra «recuerda...». Por ejemplo: «Recuerda poner los calcetines en el cesto de la ropa sucia», «Recuerda que con esta muñeca sólo se juega dentro de casa». Esta clase de afirmaciones motivan a nuestros hijos, al margen de su edad, a obrar con responsabilidad. Esta fórmula es particularmente útil para los niños de corta edad que empiezan a aprender el funcionamiento de la rutina diaria familiar. Ante todo, recuerden siempre elogiar los esfuerzos de sus hijos con frases afirmativas que refuercen positivamente su comportamiento: «Qué buen ayudante eres. Has recordado guardar tus juguetes en la caja.» Con esa clase de frases, al tiempo que les comunican qué esperan de ellos, les refuerzan y motivan positivamente.

Al igual que refunfuñar, quejarse es un forma inefectiva para cambiar el comportamiento y los hábitos de los hijos. Lamentarse siempre acentúa las dificultades y limitaciones de los niños y no aporta solución alguna a ningún problema. En tanto que padres, no deseamos que nuestros hijos aprendan a ver el mundo ni pasiva ni negativamente, y mucho menos que crean que la mejor forma de reaccionar frente a cualquier problema es lamentarse en lugar de actuar. Así pues, eviten sustituir la acción por lamentaciones inútiles. Traten de idear soluciones creativas a los problemas y dejen que los niños aporten también las suyas.

Piense en las veces que se queja durante el día: por su situación laboral, por la actitud de la gente o simplemente por las inclemencias del tiempo. Aunque a veces no podamos evitar quejarnos, recuerde que las quejas, en última instancia, también pueden recaer sobre los padres.

Las quejas dirigidas a nuestros respectivos cónyuges son especialmente destructivas y pueden generar en los niños la necesidad de tomar partido por uno de sus progenitores. Situar a nuestros hijos en el centro de un conflicto marital resulta muy difícil de sobrellevar para ellos ya que desequilibra la lealtad que sienten hacia ambos padres. Ni que decir tiene que las quejas que recaen sobre los abuelos de nuestros hijos también les causan desequilibrios emocionales. Si tenemos alguna queja hacia nuestros padres o suegros, lo mejor es discutirla en privado con nuestra pareja para evitar romper la relación mágica que existe entre nietos y abuelos. Nuestros hijos no tardarán en descubrir los errores y limitaciones de los miembros que integran la familia, así que evitemos lavar los trapos sucios delante de ellos prematuramente. Es más, los niños necesitan ver que todos los adultos de la familia se respetan mutuamente para aprender a relacionarse y amar a los demás.

Disfrutar del resplandor de nuestros hijos

Al igual que nuestros hijos aprenden continuamente de nosotros, también nosotros debemos aprender de ellos. Tras una jornada agotadora, el único deseo de unos padres era regresar a casa y meter a sus hijos, de siete y ocho años de edad, en la cama lo más pronto posible. Como era habitual, ninguno de los dos quería llegar pronto y mucho menos irse a dormir. Mientras regresaban, el más pequeño preguntó: «¿Podemos mirar las estrellas un rato?»

Ante la petición del niño, los padres se detuvieron. A decir verdad, podían haberle dicho: «No busques excusas para perder tiempo. Es muy tarde y ya es hora de irse a la cama.» Sin embargo no lo hicieron. Aquella noche decidieron contemplar durante un cuarto de hora el cielo estrellado de la noche y el resplandor de los rostros de sus hijos.

Contemplar las estrellas es muy distinto a *mirar* las estrellas. Los adultos suelen mirar sin ver y decidir de inmediato lo que se debe hacer. Los niños contemplan las estrellas con curiosidad y admiración. Dejar que nuestros hijos nos enseñen a contemplar el mundo con su inocencia y pureza consolida dinámicamente la vida familiar y nos ayuda a madurar espiritualmente juntos.

Si los niños viven
con hostilidad,
aprenden a ser agresivos

La mayoría de nosotros no cree ser hostil. De hecho, no nos parecemos en absoluto a esas familias violentas que suelen ocupar los titulares de los periódicos locales. Sin embargo, a veces creamos en nuestro hogar una atmósfera de resentimiento inconsciente, una tensión acumulada que va filtrándose progresivamente en la dinámica familiar y que, tarde o temprano, acaba por estallar.

La historia de la humanidad está plagada de ejemplos que ilustran el carácter hostil y agresivo de nuestra cultura. En este mismo instante, en cualquier lugar del planeta puede haber estallado una guerra. En nuestro propio país los crímenes, asesinatos, abusos domésticos o las reyertas callejeras ya ni siquiera nos sorprenden, pues ya forman parte de nuestra vida cotidiana. Los niños están expuestos a miles de horas de imágenes hostiles y violentas a través de la televisión y el cine. Y la agresividad puede estallar en cualquier instante de la vida de los niños: entre sus propios padres o entre hermanos en casa, entre compañeros en la escuela, entre extraños en la calle o entre los vecinos.

Vivir en una atmósfera en que se respira agresividad hace que los niños se sientan vulnerables. Mientras que la reacción de algunos es responder con rudeza ante cualquier posible agresión, o incluso estar siempre dispuestos a buscar o crear problemas, otros, por el contrario, se retraen hasta el punto de evitar participar en cualquier tipo de enfrentamiento, aunque éste sea amistoso. Estos dos roles, o modelos de conducta, son muy comunes en el patio de cualquier colegio durante la hora del recreo.

Un modelo familiar agresivo potencia en los niños la creencia de que enfrentarse a los demás es una necesidad, la mejor forma de solventar problemas. Un niño que crece en un ambiente familiar hostil ve la vida como una batalla, una lucha sin tregua por la supervivencia. Pero ésta no es la imagen de la vida que deseamos ofrecer a nuestros hijos. Así pues, en tanto que padres, debemos averiguar cómo resolver nuestras diferencias y reconducir las crisis familiares para que aprendan cómo comportarse ante los conflictos, para enseñarles que el diálogo constructivo es siempre más efectivo que cualquier enfrentamiento visceral.

Los nubarrones amenazan tormenta

A menudo los pequeños problemas cotidianos o la rutina diaria nos sacan de quicio. A veces el mal humor nos hace perder los estribos y un incidente insignificante acaba siendo la gota que colma el vaso. A medida que el estrés aumenta, perdemos la serenidad, algo que casi siempre suele ocurrir cuando los miembros de la familia, cansados y hambrientos, regresan a casa después de un largo y ajetreado día de trabajo.

El pequeño Frank, de cuatro años, no ha tenido un buen día en el parvulario. No ha podido usar el ordenador porque en su clase hay muchos niños y el maestro no ha podido distribuir bien los turnos. Al salir de la escuela, su padre se ha retrasado debido a un imprevisto en la oficina.

De camino a casa, a pesar de estar cansado, agobiado y preocupado, su padre le pregunta:

—¿Cómo te ha ido en la escuela?

—Bien —responde Frank desde el asiento trasero del coche sin apartar la mirada de la ventanilla.

La circulación es lenta a causa del tráfico y, durante el largo trayecto, en lugar de insistir, el padre enciende la radio y escucha las noticias vespertinas.

Al oírles entrar, la madre se apresura a preparar la cena porque sabe que todos están hambrientos. Mientras se quita la chaqueta, Frank tira accidentalmente su fiambrera al suelo, que queda cubierto por una fina pátina de migas de galleta.

Esta escena probablemente les resulte familiar, así que no es difícil prever qué puede ocurrir a continuación. La mayoría de nosotros lleva una vida muy ajetreada y sabe lo difícil que resulta cumplir con las obligaciones diarias. Responder positivamente al estrés es saber controlar los sentimientos de impaciencia, insatisfacción, ansiedad e irritación en los momentos tensos. Si no somos capaces de canalizar estos «pequeños» sentimientos cuando emergen, acabarán convirtiéndose en resentimiento y odio reprimido que estallará en los momentos más críticos. Afortunadamente, en este caso en concreto la madre fue capaz de reconducir su ansiedad inicial y superar bastante bien la situación.

Al advertir que Frank ha tirado involuntariamente su fiambrera, la madre acerca la escoba y la pala al niño y le dice:

—No tiene importancia, cariño. Aquí tienes, usa esto para limpiar el suelo.

Al cabo de unos minutos, tras poner el pollo en el horno, la madre se acerca a Frank.

—Lo estás haciendo muy bien —le anima—, casi has recogido todas las migas. ¿Quieres que mamá te ayude?

Ante las palabras de ánimo de la madre, el rostro del niño se ilumina con una amplia sonrisa.

Todos sabemos que esta escena podía haber tenido distintos desenlaces. Después de tirar la fiambrera al suelo, Frank podía haber manifestado su frustración gritando: «¡Odio esta fiambrera. Odio el colegio!» Por su parte, la madre podía haber culpado al padre del accidente: «¿Cómo se te ocurre dejarme sola con Frank en la cocina mientras preparo la cena?», o ensañarse con Frank: «¡Menudo estropicio! ¿Por qué no eres más cuidadoso?»

Siempre es mejor reconducir los sentimientos de frustración que manifestarlos incontroladamente en el momento menos oportuno. No sólo debemos tratar de hacerlo por nosotros mismos, sino para que nuestros hijos aprendan cómo dominar esos sentimientos de impaciencia que gradualmente pueden acabar por convertirse en manifiesta hostilidad. En este sentido, también puede resultar interesante aprender a distender las tensiones observando el comportamiento de los hijos. Cuando éstos abandonan espontáneamente lo que estaban haciendo y se entregan a una actividad que supone un desgaste energético —como correr, pintar o jugar con muñecas— a menudo lo hacen para descargar instintivamente sus frustraciones. Así pues, en lugar de perder los nervios, una buena forma de distender el estrés o cualquier sentimiento negativo es hacer ejercicio físico: dar un paseo, cavar en el jardín o limpiar el coche. Si no disponen de tiempo para cambiar de actividad, prueben a concentrarse en su respiración. Aspiren profundamente, cuenten hasta diez y liberen el aire contenido en los pulmones. El objetivo de este ejercicio es dejar pasar la tensión y retomar el control de la situación. Con este ejercicio no sólo conseguirán superar el momento de tensión, sino dar un buen ejemplo a sus hijos.

Cuando los niños no evaden sus tensiones de forma natural, podemos enseñarles a canalizar sus sentimientos de frustración a través de un juego imaginativo. Tras su arduo día en la escuela, la madre o el padre de Frank pueden preguntar al niño:

—De ser un animal, ¿con qué animal te habrías identificado hoy en la escuela?

—Con un león —balbucea el niño.

De seguir con el juego, el siguiente paso sería preguntar al niño con qué animal se identifica ahora que está en casa. Si Frank responde que con un cachorro de peluche, los padres comprenderán que el niño necesita que le mimen y abracen.

Sortear la tormenta

Al igual que los adultos, los niños tienen derecho a reconocer y expresar sus sentimientos aunque sean negativos.

Sin embargo, esto no significa que tengan derecho a perjudicar o herir a los demás, ni tampoco a destruir la propiedad ajena. Ciertas conductas, como golpear, dar patadas o empujar a los demás, no deben ser toleradas y, por tanto, deben ser contrarrestadas con una acción disciplinaria. Los niños de corta edad, especialmente, han de aprender que es mejor manifestar y expresar dichos sentimientos a través del lenguaje en lugar de a través de acciones violentas. Así pues, en tanto que padres, no sólo hemos de aceptar y respetar los sentimientos de frustración de nuestros hijos sino establecer también ciertas reglas y límites de conducta que controlen cómo manifestarlos. Saber hallar el término medio entre su libertad y nuestra autoridad supone siempre un auténtico reto.

Durante la tarde, la madre de Tessa interviene en la discusión acalorada que su hija de nueve años mantiene con una de sus amigas.

—No está bien que te enfades con tu amiga —comenta la madre— No discutais más y aprovechad el tiempo para jugar.

Aquella misma noche mamá reprende a Tessa por no haberse cepillado los dientes.

—No está bien que te enfades con tu hija —replica la niña.

Si ante el comentario de Tessa la madre, en lugar de exaltarse, guarda silencio durante unos segundos y respira profundamente, advertirá que la niña ni se está mofando de ella ni subestimando su autoridad. A decir verdad, lo único que Tessa hace es cuestionar indirectamente por qué los adultos tienen derecho a enojarse y los niños no; en otras palabras, por qué la gente puede enfadarse y ella no. Tessa está en lo cierto al plantearse este dilema, un dilema que todo niño suele experimentar cuando empiezan a manifestar su desacuerdo con las acciones de los demás.

En tales circunstancias, lo mejor es que los padres permitan que sus hijos definan y manifiesten por sí mismos sus sentimientos. Una forma de ayudarles a conseguirlo es sustituir cualquier afirmación categórica por preguntas. Así, en lugar de decir «Sé que estás enfadado por...», pregúnteles «¿Qué te preocupa?» o «¿Por qué estás tan preocupado?», y a continuación añada: «¿Qué crees que te haría sentir mejor?» Esta clase de preguntas ayuda a los niños a ordenar sus propios sentimientos y a descubrir posibles vías para canalizarlos.

Nuestros propios nubarrones

Saber cómo controlar nuestros propios sentimientos de impaciencia, hostilidad y enojo es la mejor forma de enseñar a nuestros hijos a hacer lo propio con los suyos. Aunque no deseemos transmitir el mal humor que nos invade a nuestros hijos, no por ello debemos pretender no tener sentimientos negativos. En cualquier caso, debemos ser honestos con los niños ya que, por más que tratemos de ocultar dichos sentimientos, inconscientemente perciben nuestro estado de ánimo.

Es sábado por la mañana. Tras una dura semana laboral, la madre de Sam está ordenando la casa. Al advertir que la madre golpea los cojines del sofá con extremada rudeza, su hijo de nueve años pregunta:

—¿Estás enojada conmigo, mamá?

Sorprendida, ella lo mira y responde:

—No, cariño. Por supuesto que no.

Aunque el niño percibe cierto resentimiento en las palabras de su madre, confuso y sin saber qué hacer, sale al jardín. Si en lugar de ocultar su irritación, la madre le hubiera dicho con sinceridad: «No estoy enfadada contigo, pero me gustaría que no dejaras tus juguetes esparcidos por el suelo del salón. Con el trabajo que supone limpiar la casa, sólo me faltaba tener que quitar de en medio tus cosas. ¿Podrías ayudarme llevando tus juegos a tu habitación?», Sam habría confirmado su intuición, al tiempo que comprendido qué esperaba su madre de él.

Los niños también necesitan aprender que los padres pueden enojarse entre ellos y sin embargo resolver sus diferencias. Carla, de siete años, se despierta a la una de la madrugada porque sus padres están discutiendo. Asustada, esconde la cabeza bajo la almohada y vuelve a dormirse. A la mañana siguiente, al advertir que Carla ha oído la discusión, el padre le explica:

—Ayer por la noche mamá y yo discutimos acerca del presupuesto familiar. Lamentamos haberte despertado. Aunque al principio no estábamos de acuerdo, finalmente encontramos una solución.

Es importante que Carla sepa la causa de la discusión, pero también que, a pesar de sus diferencias, todo va bien entre ellos. Las explicaciones del padre no sólo sirven para tranquilizar a la niña, sino que la ayudan a comprender que aunque sus padres discutan a veces, no por ello dejan de quererse. Siendo sinceros con nuestros hijos respecto a las inevitables diferencias propias de la convivencia familiar, podemos convertir una simple discusión, que potencialmente puede afectar la tranquilidad de nuestros hijos, en una lección que les enseñe a valorar en sus relaciones futuras el diálogo, la crítica constructiva, el compromiso y la tolerancia.

Ambiente soleado con nubes intermitentes

Para la mayoría de nosotros, los sentimientos de hostilidad aparecen y desaparecen como si de nubes se tratara. Al igual que el tiempo, es fácil sentirse frustrado ante una circunstancia que no teníamos prevista. Sólo si somos capaces de comprender y controlar nuestras reacciones lograremos superar cualquier imprevisto. Cuanto más creativa y constructivamente reconduzcamos nuestro enojo, menos probabilidad habrá de que nuestros sentimientos de hostilidad emerjan en nuestra vida cotidiana.

Sin embargo, y aunque pueda parecer una ironía, siempre solemos proyectar nuestros sentimientos negativos en los miembros de la familia que más queremos. Por esta razón, es de suma importancia ser conscientes de ellos y saber reconducirlos antes de que afecten la armonía familiar.

Es tranquilizador saber que no siempre hemos de ser un modelo de perfección para nuestros hijos, pues, como ya hemos dicho, nadie es perfecto y, en consecuencia, habrá momentos en los que no podremos evitar perder los nervios. No obstante, si somos capaces de reconocer nuestros errores y de disculparnos por nuestro comportamiento, nuestros hijos aprenderán una importante lección: que también nosotros aprendemos, por ensayo y error, a controlar nuestros sentimientos. Es importante enseñar a nuestros hijos que la hostilidad no es un enemigo sino un sentimiento que debemos controlar con creatividad para consolidar la salud y el bienestar de la familia. Después de todo, nuestra conducta diaria es la que determina y establece el modelo familiar que nuestros hijos transmitirán a su futura familia, es decir, a nuestros nietos.

Si los niños viven con miedo, aprenden a ser aprensivos

A los niños les gusta jugar con la noción de «miedo». Les encanta contar historias y películas de terror. Cuando era una preadolescente, los viernes por la noche, mis amigas y yo nos reuníamos en casa para escuchar la radio. Con las luces apagadas y sentadas en corrillo, escuchábamos muertas de miedo *The Witches Tales*, un programa que, aunque hoy en día pueda resultar ingenuo, a nosotras nos parecía aterrador. La peor parte de la velada, pero también la más excitante, era disimular nuestro miedo al tener que regresar a nuestras respectivas casas tras la emisión del programa en mitad de la noche. A pesar de ser conscientes de no correr peligro alguno y saber que muy pronto llegaríamos a nuestro protector y acogedor hogar, sentir cómo se aceleraban los latidos de nuestro corazón al imaginar qué podía estar acechándonos detrás de un árbol, disparaba nuestra adrenalina.

Sin embargo, vivir con auténtico miedo, tanto si se trata del temor a la violencia física, a los abusos psicológicos, al abandono, a una enfermedad terminal o el típico pánico infantil a descubrir monstruos debajo de la cama, es algo muy distinto. Vivir atemorizado diariamente desequilibra la seguridad integral del niño y su confianza en sí mismo. El miedo debilita el soporte ambiental que el niño necesita durante su proceso de crecimiento y aprendizaje y genera un persistente sentimiento de aprensión, una ansiedad general que puede repercutir negativamente en sus relaciones con los demás y al tener que enfrentarse a nuevas situaciones.

Extraños ruidos en mitad de la noche

E l origen de los miedos reales de los niños puede sorprender a sus padres. Los niños pueden sentir terror por cosas que a los adultos les pasan inadvertidas, como la presencia de un nuevo perro en el vecindario o las ramas del viejo arce. A veces, incluso un simple comentario fortuito puede causarles pavor.

—Mamá, ¿estás muerta de verdad? —pregunta una niña de tres años a su madre—. El otro día se lo dijiste a la tía Cathy.

Los niños de corta edad suelen tomar literalmente el sentido metafórico del lenguaje. En este caso, la madre no sólo debería explicar a su hija el significado real de sus palabras, sino que tendría que abrazarla para desvanecer su infundado temor.

Al margen de la causa, si su hijo siente miedo, es preciso analizar la situación con seriedad, pues de la actitud de los padres y del clima familiar depende la serenidad del niño ante el peligro. El miedo es una sensación subjetiva y, en este sentido, debemos intentar percibir y comprender el mundo con la perspectiva de nuestros hijos. Decir «No seas tonto», «Es una ridiculez que a tu edad tengas miedo...» o «No seas cobarde» es menospreciar al niño y hacerle ocultar sus temores en lugar de ayudarle a erradicarlos.

En los talleres de padres que imparto, suelen formularme la siguiente pregunta: «¿Cómo saber si el niño tiene realmente miedo o sólo pretende llamar la atención?» Francamente, es imposible saberlo. Los padres no deberían preocuparse en exceso por si son manipulados por las necesidades emocionales de sus hijos: reclamar la atención de los padres es una necesidad infantil tan legítima como la de ser alimentado. A veces un niño siente miedo y precisa a la vez de las atenciones de sus padres.

El caso de Adam, de tres años, ilustra a la perfección esta doble necesidad. La familia de Adam acaba de instalarse en una nueva casa, el niño ha iniciado el primer curso de preescolar y su hermanita acaba de nacer. Aunque todos estos cambios sean positivos para sus padres, para Adam son una auténtica pesadilla porque marcan el final de una etapa de su vida que conocía y controlaba. Adam siente que su mundo se ha desmoronado. El equilibrio que existía hasta aquel momento se ha roto, ha habido un cambio de situación, y precisamente este cambio le produce miedo. La noche previa a que su madre regrese del hospital, Adam entra en la habitación de su padre y le pide algo inusual.

—Tengo miedo. ¡Protégeme! —suplica el niño.

El padre podría haberle contestado: «¿Protegerte? No seas ridículo, ahora eres el hermano mayor y no deberías tener miedo», y enviarle de vuelta a su habitación.

Sin embargo, el padre de Adam comprende la necesidad de atención del niño y responde:

—Por supuesto, cariño. Métete en la cama y ambos estaremos sanos y salvos.

Las comprensivas palabras del padre, así como la proximidad física proporcionan a Adam la tranquilidad y el apoyo que precisa para superar un momento crítico y, por supuesto, para enfrentarse a la nueva situación.

Los padres pueden lograr que los temores de sus hijos, aunque sean mayores, se desvanezcan como por arte de magia. Dos hermanos, de seis y ocho años, suelen jugar a contar historias de fantasmas en el desván de la casa. Cuando los niños, aterrados, bajan por la escalera e irrumpen en la cocina con ojos desorbitados en busca de la protección de la madre, ésta agarra la escoba y corre por toda la casa gritando para ahuyentar a los posibles fantasmas. Siempre que esto ocurre, los niños, entre risas y carcajadas, la persiguen con la seguridad de que su madre, por arte de magia, hará desaparecer cualquier criatura sobrenatural.

Cuando la magia no funciona

Hay momentos en que no hay forma mágica de proteger a nuestros hijos de sus temores. A veces esgrimir una escoba o abrazar a un niño con ternura no es suficiente para desvanecer el miedo o la tristeza que emergen cuando una familia es azotada por una auténtica crisis. Los peores momentos en la vida de un niño suelen acontecer cuando la estructura o la rutina diaria de la familia es alterada de forma brusca. Si el ritmo cotidiano de la vida familiar, en el que el niño se siente psicológicamente protegido, entra en una profunda crisis, el mundo infantil se vendrá abajo.

Además de la muerte de un padre, el divorcio es probablemente uno de los episodios más aterradores en la vida de un niño. Muchos niños viven con el temor, real o infundado, de que sus padres se divorcien. Las discusiones entre los padres no contribuyen al sentimiento de seguridad que precisa el niño porque generan miedo y ansiedad. Tras el temor del niño al divorcio se esconde el miedo a ser abandonado. El niño cree que si uno de los padres abandona el hogar, él también será abandonado.

Cuando los padres se divorcian, los niños sienten que han perdido el control de su mundo. Así, uno de los mayores retos de los padres que tramitan su divorcio es actuar siempre en beneficio de sus hijos, al margen de los sentimientos de frustración o rencor que puedan existir entre los cónyuges. Los niños también sufren anímicamente la situación de ruptura, por lo que los padres deberían intentar discutir lo menos posible delante de ellos. Si la actitud de los padres es vital durante la infancia de un niño, todavía lo es más en estos momentos críticos. Los hijos necesitan sentir que, a pesar de los cambios familiares, su estabilidad y seguridad no corren peligro; en definitiva, que a pesar de la separación, ambos seguirán siendo sus padres.

Cualquier crisis familiar es percibida por los niños, incluso aunque no puedan comprender por completo las implicaciones de la misma. Al escuchar que su padre puede perder su empleo, Lynne, de seis años, teme que su familia se quede sin casa. Consciente del miedo de la niña, el padre la tranquiliza:

—Encontraremos la forma de salir de ésta. Quizá debamos

recortar nuestros gastos durante un tiempo, pero lo conseguiremos, te lo aseguro.

Esta conversación brinda a Lynne la oportunidad de comprender la situación y aportar su granito de arena.

—En realidad, no necesito zapatillas de deporte nuevas —comenta y señalando las que lleva puesta añade—: Éstas todavía están bien.

Temer por nuestros hijos

Los niños suelen ser la principal fuente de preocupación de los padres. Cuántas veces solemos exclamar: «Tengo miedo», «Quizá no debería», «Estoy preocupada por...» Si los niños están expuestos a comentarios temerosos de este tipo, lo más probable es que terminen siendo aprensivos. Toda expectativa de futuro se modela en virtud de experiencias repetidas, por lo que cualquier pensamiento negativo, preocupación o temor manifiesto puede atrapar al niño en un círculo vicioso. Todos conocemos personas que, por causa de sus miedos y temores, viven atrapadas en esta espiral negativa, personas cuya identidad pesimista les hace esperar siempre lo peor.

Lamentablemente, los padres de hoy en día tememos más por la integridad y seguridad de nuestros hijos que los de antaño. El gran dilema al que nos enfrentamos es cómo protegerles para evitar que corran peligro sin generar en su ánimo una ansiedad innecesaria. Deseamos que nuestros hijos sean cautelosos con los extraños, pero no que asuman de antemano que cualquier desconocido es hostil; que estén al alcance de nuestra vista, pero que no se sientan vulnerables si no estamos a su lado. Aunque nuestra misión como padres es protegerles de los problemas, también debemos hacer todo lo posible por lograr que tengan confianza en sí mismos.

Puesto que no es fácil hallar una única respuesta para este problema, los padres deben, individualmente, sopesar el grado de independencia que deben otorgar a sus hijos en función de su edad. Conviene preparar al niño para afrontar nuevas circunstancias, creando a su alrededor un clima de confianza y protección, a fin de que sepa superar sus dificultades y temores con seguridad y responsabilidad.

Cuando Ken, de diez años, comunicó a sus padres que quería ir solo a la escuela, éstos no tuvieron más remedio que equilibrar el temor por no poder proteger directamente al niño con el deseo de motivar su independencia y responsabilidad.

Otro temor que acostumbramos tener los padres es que nuestros hijos sufran los mismos desengaños que padecimos cuando teníamos su edad. El identificarnos en exceso con nuestros hijos motiva que nuestro comportamiento no sea el más apropiado. El padre de Carl es un fanático del atletismo y, en consecuencia, desea que toda la familia —desde su mujer hasta su hijo de siete años de edad— lo practiquen. Durante uno de mis seminarios, el padre me confió su preocupación al respecto:

—Cuando tenía la edad de Carl, mi complexión no era muy atlética. El entrenador nunca me seleccionaba para participar en las competiciones y me sentía muy frustrado. Tengo miedo de que a Carl le ocurra lo mismo.

Carl necesita descubrir por sí mismo sus propias habilidades atléticas sin llevar sobre sus hombros la frustración de su padre. El padre de Carl debería contener sus temores y brindar a su hijo la posibilidad de vivir sus propias experiencias. Es importante tener siempre presente que nuestros hijos son distintos de nosotros y que, aunque nos pese, tienen el derecho de sufrir sus propias decepciones.

Los miedos cotidianos

Los niños viven en un mundo diferente del de los adultos, tienen una forma de pensar muy distinta a la nuestra y a veces sus miedos nos parecerán incomprensibles. No es de extrañar, pues, que los padres desconozcamos qué aspectos de su rutina diaria pueden ser objeto de sus miedos cotidianos. Por ejemplo, hay niños que son intimidados diariamente en la escuela por sus compañeros, en el vecindario, e incluso a veces ridiculizados por sus propios hermanos. Hay niños, en especial los de corta edad, que aún no saben manifestar sus miedos, mientras que otros son capaces de enfrentarse y resolver por sí solos sus temores. Un buen método para ayudar a superar a nuestros hijos esos miedos cotidianos es indagar cómo se relacionan con los demás niños.

—¿Qué ha ocurrido hoy en la escuela?

Con esta pregunta, la madre de Andrew obtendrá más información de la relación que su hijo, de cinco años de edad, mantiene con sus compañeros que con la típica «¿Cómo te ha ido hoy la escuela?»

—Estaba jugando tan tranquilo y, de pronto, Joey me quitó el camión.

—¿Y qué ocurrió después?

—Nada... —balbucea Andrew encogiéndose de hombros, y luego añade—: No sé...

La madre comprende de inmediato que Joey suele intimidar a su hijo, por lo que trata de ayudarlo a solventar el problema haciéndole hablar acerca de ello.

—Supongo que te sentiste muy mal cuando Joey te quitó el camión —comenta la madre—. ¿Qué crees que podías haber hecho para evitarlo?

Andrew sugiere varias alternativas: recuperar el camión, decírselo al profesor, alejarse de Joey o jugar con otros niños. Como es obvio, la madre no pretende aleccionar a su hijo respecto a cómo debía haber actuado, sino ayudarle a descubrir una posible solución.

Una vez el niño ha clarificado sus deseos, ya puede empezar a desarrollar un plan constructivo.

—Mañana por la mañana, cuando llegue a la escuela, agarraré el camión y si Joey trata de quitármelo, le diré: No, ahora estoy jugando yo.

Para muchos niños de corta edad, enfrentarse a nuevas situaciones supone una amenaza: el primer día de escuela, la primera visita al dentista, el primer viaje en avión pueden ser experiencias traumáticas. En estos casos debemos ayudarles a superar sus temores mostrándoles en todo momento nuestra comprensión, ánimo y apoyo. Manifestar la confianza que depositamos en nuestros hijos es la mejor forma de enseñarles a tener confianza en sí mismos. La próxima vez que anime a su hijo diciéndole «Tranquilo, sé que lo harás muy bien», compruebe cuál es su reacción física: expresión de su rostro, postura. Si le sonríe distendidamente, habrá conseguido infundirle confianza en sí mismo. El estado de tranquilidad o de inquietud se reconoce claramente en el rostro del niño.

Los niños de corta edad necesitan preparación extra para enfrentarse por primera vez a una situación nueva, por ejemplo visitar la clase de preescolar antes de que empiece el curso. Tras visitar el aula donde pasará gran parte del curso, una madre pregunta a su hija:

—¿Qué te gustaría hacer el primer día de clase?

—Dar de comer a los peces —responde Sandy sin titubear. No cabe duda de que la visita ha ayudado a la niña a superar su temor inicial.

Otra típica fuente de temores y miedos para algunos niños es la televisión, con su menú diario de violencia, tanto en los noticiarios, películas, anuncios o programas dramáticos. Los niños de corta edad todavía no saben distinguir entre la realidad y la ficción, por lo que debemos protegerles tanto de una como de la otra. Mientras que algunos niños contemplan impasibles cualquier tipo de imagen televisiva violenta, otros pueden llegar a obsesionarse hasta el punto de sentir un miedo patológico. Así pues, nuestra labor como padres es evaluar la capacidad de nuestros hijos para comprender la violencia televisiva, sus reacciones y, por supuesto, limitar las horas que pasan frente al televisor de acuerdo a su edad y sensibilidad.

Todos sentimos miedo alguna vez

En tanto que padres, es natural querer ofrecer a nuestros hijos una imagen de fortaleza, seguridad y confianza. Sin embargo, no siempre somos tan fuertes como aparentamos; a veces somos tan vulnerables como el león cobarde de *El Mago de Oz*. Todos sentimos miedo alguna que otra vez y no debemos avergonzarnos por ello, sino tener el coraje de admitirlo. El modo de enfrentarnos a nuestros temores es la mejor forma de enseñar a nuestros hijos a superar sus propios miedos. Los niños tienen que aprender a descubrir que, en tanto que seres humanos, no somos perfectos y que, aunque seamos sus padres, a veces también necesitamos que nos comprendan y apoyen. En estas ocasiones, sentir el calor de una pequeña mano golpeando nuestro hombro o la calidez del abrazo de nuestros hijos puede obrar milagros.

Phoebe, de ocho años, percibe que su madre está preocupada porque tiene una cita con el médico. La niña no conoce los detalles y, por supuesto, tampoco necesita saberlos (a decir verdad, es demasiado pequeña para comprender la envergadura del problema). No obstante, cuando la madre se despide de ella en la puerta de la escuela, Phoebe la abraza con ternura.

—Gracias, Phoebe —agradece la madre al advertir la intención de la niña.

Nuestros hijos aprenden a superar sus miedos observando cómo lo hacemos nosotros. Si ven que, en los momentos difíciles, somos capaces de pedir ayuda a nuestros cónyuges, amigos y familiares, o de prestársela a los demás si necesitan nuestro apoyo, aprenderán a hacer lo mismo cuando tengan que enfrentarse a sus propias crisis. En definitiva, nuestra actitud de comprensión y solicitud permite a nuestros hijos superar sus temores y quizá también hacerlos desaparecer.

Si los niños viven con lástima, aprenden a autocompadecerse

Sentir lástima por uno mismo es como hundirse en arenas movedizas, como ser arrollado por una fuerza misteriosa que te convierte en una persona desvalida y desesperada, incapaz de superar la presión sin la ayuda de alguien.

Cuando sentimos lástima hacia nuestros hijos o nos auto-compadecemos, en lugar de enseñarles a tener iniciativa propia y a ser perseverantes y optimistas, potenciamos en ellos la auto-compasión, un sentimiento que a menudo genera inseguridad e indefensión.

En tanto que padres, todos deseamos que nuestros hijos sean personas con recursos propios, capaces de descubrir en sí mismas la fortaleza necesaria para afrontar nuevas situaciones, pero también capaces de pedir ayuda a los demás cuando la necesiten. Sin embargo, esto es algo que sólo lograremos si predicamos con el ejemplo, es decir, si llevamos una vida acorde con los valores que queremos potenciar en ellos. Aunque nuestra actitud ante la vida no sea siempre modélica, debemos esforzarnos por conseguir que sea suficientemente equilibrada para que nuestros hijos aprendan de nosotros a confiar en su fuerza interior que les ayudará afrontar con éxito y determinación los futuros retos que les deparará la vida. Para ello, no sólo debemos descubrir primero en nosotros mismos esa fuerza interior, sino demostrar también que tenemos fe en ellos, demostrarles que estamos convencidos de que serán capaces de sortear y superar cualquier obstáculo a lo largo de la vida.

Cambiar de sombrero

Hay momentos o circunstancias en los que es inevitable autocompadecerse. Nos sentimos explotados laboralmente, infravalorados, como si la vida no estuviera de nuestra parte. «Qué he hecho yo para merecer esto», nos preguntamos. Si no somos capaces de controlarla, la autocompasión se convierte en un estado mental que puede conducirnos a la desesperación total. Nuestra perspectiva se estrecha tanto que sólo prestamos atención a un único y recurrente pensamiento victimista que nos aprisiona en el círculo vicioso de la autocompasión y la impotencia.

Cuando nos hallamos inmersos en semejante círculo, lo mejor es evitar pensar en los problemas que nos acucian y llevar a cabo cualquier actividad física o mental que disipe nuestra preocupación: hacer ejercicio físico, ir en bicicleta, dar un paseo o viajar mentalmente a un tranquilo paraje paradisíaco. Kate, una participante de mis talleres de padres, me refirió su técnica particular:

—Me sentía como un trapo viejo, utilizada y poco valorada. Mis tres hijos me volvían loca, mi marido trabajaba todo el día y al llegar a casa estaba agotado. Me sentía dolida, abatida y triste, pero también cansada de autocompadecerme. Así que un buen día decidí romper con la rutina diaria y ser imaginativa, tal como habíamos comentado en clase. Tras cerrar los ojos, el primer pensamiento que cruzó mi mente fue la necesidad de que alguien me aplaudiera y, de pronto, imaginé que me encontraba en medio de un estadio lleno de gente que me aplaudía y vitoreaba mi nombre: «Kate es la mejor. ¡Viva Kate!» Sin saber por qué, yo misma empecé a aplaudir y, por asociación de ideas, recordé el lema que solíamos cantar al equipo de baloncesto del instituto: «Dos, cuatro, seis, ocho... ¿A quién queremos? ¡A Kate!», grité en voz alta en la cocina.

»Aquel ejercicio me ayudó a comprender que necesitaba estar más cerca de mi marido y que quería que los niños reconocieran lo que hacía por ellos. Necesitaba sentirme apreciada. Aquella misma tarde preparé el postre favorito de toda la familia y lo deje sobre el mármol de la cocina junto a un letrero que rezaba: KATIE ES LA MEJOR. SI ESTÁIS DE ACUERDO CONMIGO, DADME UN GRAN ABRAZO. Aquellas palabras surtieron un efecto repentino tanto en mi esposo como en los niños, que de inmediato me abrazaron con ternura y sinceridad. Mi marido y yo planeamos dejar a nuestros hijos en casa de mi tía durante el siguiente fin de semana para pasarlo juntos. No estoy diciendo que aquella experiencia cambiara mi vida por completo, pero me ayudó a superar el sentimiento de lástima que sentía por mí misma.

El ejercicio de Kate la benefició personalmente y también a sus hijos, pues les mostró cómo idear acciones positivas para solucionar un problema anímico y, por supuesto, a mejorar la relación con su esposo. Que los cónyuges enriquezcan y revitalicen su relación es de vital importancia para el bienestar familiar.

«No tienes la menor idea de lo afortunado que eres»

Uno de los temás más comunes de un padre estancado en la identidad victimista es comparar la vida que disfrutan sus hijos con los recuerdos de su infancia. Judith, de once años de edad, sabe exactamente que cuando su madre empieza a contarle cómo era su vida cuando tenía su edad, siempre termina reprochándole lo afortunada que es por todo cuanto tiene y el no ser consciente de lo mucho que sus padres trabajan para complacerla. Esta conversación suele tener lugar en el coche, cuando Judith no tiene posibilidad de escapatoria.

—Los niños de hoy en día creéis que vuestros deseos son órdenes —comenta la madre mientras conduce—. Por ejemplo, si queréis unas zapatillas de deporte, tienen que ser las de cien dólares porque de lo contrario...

Sin saber qué decir, Judith mira a su madre y asiente con la cabeza.

—Dudo mucho que seas consciente de ello pero, cuando yo tenía tu edad —prosigue la madre—, trabajaba de niñera tres noches a la semana y los sábados por la tarde también. En fin, no sabes lo afortunada que eres... Yo nunca tuve tiempo para irme de paseo con mis amigas.

Llegados a este punto, Judith se encogerá de hombros y suspirará pero al final, perdiendo la paciencia, dirá:

—Mamá, yo no me voy de paseo todo el día con mis amigas. Paso muchas horas haciendo deberes..., probablemente mucho más tiempo que tú cuando tenías mi edad.

Esta conversación, en lugar de un diálogo constructivo, genera entre la madre y la hija una absurda lucha por descubrir quién de las dos tiene más derecho a autocompadecerse. Aunque el deseo consciente de la madre no era iniciar una discusión, sino enseñar a Judith a apreciar y sentir gratitud por todo cuanto tiene, inconscientemente parece estar diciéndole: «Siento celos por no haber tenido las mismas oportunidades que tú», que a su vez contiene un mensaje subliminal: «Todo me lo debes a mí.» No es de extrañar que Judith suspire y haga oídos sordos cada vez que su madre empieza con esta rutina.

Expresar la necesidad de ser apreciados por nuestros hijos no es ni negativo ni contraproducente. Lo importante es saber hacerlo evitando comentarios de autocompasión. Si la madre, al ir a buscar a Judith a la escuela, le hubiera dicho: «No me importa venir a buscarte, pero me alegraría mucho saber que aprecias mi esfuerzo», la relación entre ambas sería mucho más sincera.

No es necesario caer en la rutina victimista para pedir a nuestros hijos que nos valoren. Aunque no podamos garantizar de antemano cuál será su reacción, cuanto más claros, directos y libres de viejos resentimientos sean nuestros comentarios al respecto, más probabilidad tendremos de obtener su reconocimiento.

«Me duele el estómago»

Los niños pueden llegar a ser auténticos virtuosos autocompadeciéndose y demandando la compasión de sus padres para conseguir atención, consentimiento e indulgencia.

—¡Me duele el estómago! —exclama Tracy, de cuatro años, mientras su madre trata de vestirla antes de ir al parvulario—. No quiero ir al colegio... —añade lloriqueando al tiempo que se frota el estómago.

No hay padre que escape a los dilemas que genera este tipo de situación: ¿Está Tracy realmente enferma? ¿Debería quedarse en casa en lugar de ir a la escuela? ¿Necesita ser examinada por el pediatra? ¿Está tratando de evitar ir a la escuela por alguna razón en especial? ¿Quiere que sus padres le presten más atención?

La madre de Tracy tendrá que evaluar esta particular situación, intentar adivinar qué le ocurre a la niña y obrar en consecuencia. Sea cual sea su decisión, lo importante es que Tracy no aprenda a conseguir cuanto desea actuando lastimosamente.

Si mamá sospecha que el dolor de estómago no es más que una excusa para no ir a la escuela, sería conveniente que le preguntara: «¿Qué harías si no fueras a la escuela?»

Responder a estas preguntas ayudará a Tracy a identificar lo que realmente necesita y quiere, sin potenciar la actitud victimista. Es más, brindará a la madre la posibilidad de penetrar en la vida interior de la niña. A veces los niños simulan estar enfermos para llamar la atención. Cuando esto ocurre, es conveniente preguntarnos si por causa de nuestras preocupaciones u obligaciones hemos descuidado a nuestros hijos y concienciarnos de que quizá debamos pasar más tiempo con ellos.

Bloquearse y rendirse ante cualquier situación que implique un esfuerzo diciendo «no puedo» es otra forma de caer en una actitud típicamente victimista. Admitir de antemano la incapacidad de resolver un problema puede ser una excusa para evitar enfrentarse al mismo. A decir verdad, con dicha negativa el niño trata de comunicar la incomodidad que siente cuando se espera de él mucho más de lo que es capaz de hacer. Aunque con su «no puedo» el niño pretenda comunicarnos «No esperes demasiado de mí. No soy capaz de hacerlo», en la mayoría de los casos suele implicar un mensaje negativo: o bien «no quiero» o, peor aún, «no lo haré».

Si caemos en las redes de esta sutil estrategia, en lugar de ayudar a superar cualquier posible problema u obstáculo, reforzamos y admitimos la actitud victimista de nuestros hijos. Sin embargo, éste no es el mensaje que deseamos transmitirles. Aunque nos resulte difícil, hay ocasiones en que es necesario retar a nuestros hijos, ignorar sus excusas y seguir manteniendo nuestra incondicional confianza en ellos. Sólo así lograremos ayudarles a reconocer y superar la inseguridad propia de su edad.

Ben, de ocho años, lleva media hora tratando de resolver en vano los problemas de matemáticas.

—¡No puedo hacerlo! —exclama frustrado—. Estos ejercicios son demasiado difíciles.

Aunque el padre de Ben comprende la frustración de su hijo, evita caer en la trampa de sentir lástima por él y le anima a seguir intentándolo:

—El año pasado también tuviste problemas con las matemáticas, ¿recuerdas? Pero con mi ayuda y la de tu profesor la aprobaste. Si lo conseguiste entonces, ahora también. Echemos un vistazo a esos problemas.

Aunque sea tentador sentir simpatía hacia nuestros hijos cuando se les ve desanimados, debemos evitar potenciar su autocompasión pues de lo contrario nunca aprenderán a ser perseverantes. Si en lugar de dar ánimos a su hijo, el padre permite que el niño se dé por vencido, Ben no sólo tendrá serias dificultades para superar las matemáticas, sino a la hora de enfrentarse a cualquier problema. Nuestra tarea como padres es animar a nuestros hijos a que amplíen sus horizontes en cualquier disciplina o actividad ayudándoles a potenciar sus habilidades. En este sentido, es importante evitar que nuestras propias limitaciones nos determinen. Por ejemplo, si el padre de Ben también tiene dificultades con las matemáticas y en lugar de ayudar a su hijo a superar sus problemas, le compadece, perjudica al niño en lugar de ayudarle.

Uno de los dilemas más difíciles de los padres ante los problemas de los hijos es saber cuándo intervenir y cuándo permanecer al margen. Hay ocasiones en que los niños necesitan completar sus proyectos o resolver sus problemas por sí mismos para desarrollar y consolidar su autoestima, por lo que nuestra ayuda, en lugar de beneficiarles, les limita y coarta. Si ante determinado proyecto el niño se bloquea, la intervención del padre debe servir para ayudarle a recuperar la confianza en sí mismo, nunca para mermarla. En este sentido, a veces es conveniente ayudar al niño a planificar el proyecto, pero debemos permanecer al margen mientras lo lleva a cabo a efectos de que descubra por sí mismo el camino a seguir.

En tanto que padres, debemos evaluar constantemente nuestras decisiones respecto al cómo, cuándo y hasta qué punto ayudar a nuestros hijos, pues sus necesidades cambian a medida que van madurando. Así pues, debemos aprender a calibrar en función de su edad cuándo intervenir y cuándo permanecer al margen, pero ofreciéndoles en todo momento nuestro apoyo. Luchar contra las dificultades a veces es inevitable e incluso beneficia el proceso de aprendizaje.

En los peores momentos

Incluso cuando la tragedia se cierne sobre alguien, sentir lástima no ayuda en absoluto. La lástima es una emoción que crea distancia. Aunque nos compadezcamos de la situación de la víctima, agradecemos no experimentar su sufrimiento en nuestra propia piel. Sin embargo, la empatía es un sentimiento de proximidad, ya que participamos afectiva y emotivamente del sufrimiento ajeno poniéndonos en el lugar del otro. Aunque también implique compasión, la empatía, a diferencia de la lástima, nos hace plantearnos cómo poder ayudar a los demás a sobrellevar y superar su aflicción.

Resulta extraordinario comprobar cómo el tener que enfrentarse a una tragedia hace surgir en el ser humano lo mejor de sí mismo. Cualquier persona, ante una circunstancia negativamente adversa, acostumbra reaccionar con inusitado coraje y sorprendente fuerza interior. Los niños incapacitados, por ejemplo, son los mejores consejeros de sus padres ya que su actitud combativa y optimista les ayuda a sobrellevar la desgracia. Aunque a veces puedan sentirse desazonados, jamás bajan la guardia y son siempre un modelo a seguir.

Sue, de diez años, sufría un cáncer terminal. Su vida transcurría entre la escuela y el hospital. Cuando, a consecuencia del tratamiento de quimioterapia, perdió su rubia y larga cabellera, en lugar de recluirse para evitar las miradas de sus compañeros de quinto curso y autocompadecerse, cubrió su cabeza con un pañuelo y no dejó de asistir a clase. Con la ayuda de su familia Sue llevó, en la medida de lo posible y hasta el final de sus días, la vida propia de una niña de diez años y disfrutó de la compañía de sus amigos.

Si sus compañeros de clase, en lugar de animarla, la hubieran compadecido, habrían sido incapaces de seguir jugando con ella como solían hacer cuando estaba sana. Esto no significa que los niños no fueran conscientes de la enfermedad de Sue o que no sintieran compasión por ella. En realidad, tras hablar abiertamente de la enfermedad de Sue con su profesor, los niños fueron capaces de comprender la gravedad de la misma y, en consecuencia, que la mejor forma de ayudarla y apoyarla era incluirla en sus proyectos y actividades en lugar de sentir lástima por ella o tratar de protegerla.

Soluciones, no compasión

Jancie, de diez años de edad, irrumpe en el salón arrastrando los pies cansinamente y se deja caer en el sofá.

—Soy la única que no ha sido invitada a la fiesta de Melissa —suspira compungida.

Advirtiendo la actitud lastimosa de su hija, la madre se sienta junto a ella, apoya su mano sobre su hombro y repite las palabras de la niña con cierto retintín:

—¿La única que no ha sido invitada?

—Bueno —admite Jancie—, otros niños tampoco lo han sido...

—Dado que no vas a la fiesta, ¿qué piensas hacer esta noche? —pregunta la madre.

—Vagar por casa como un alma en pena y llorar... —responde Jancie mitad en broma mitad en serio, mirando a su madre de reojo para comprobar cómo reacciona ante sus palabras.

—Es una opción —replica la madre, evitando caer en la trampa de compadecer a la niña.

—¿Puedo ir a dormir a casa de alguna de las chicas que no han sido invitadas a la fiesta? —pregunta Jancie.

—Eso suena más divertido —responde la madre, y luego sugiere—: Podrías incluso hacer esas galletas que tanto te gustan para que tu amiga las pruebe.

Cuando nuestros hijos tienen que superar una pequeña crisis parecida a la de Jancie, dialogar con ellos puede serles de gran ayuda. Si somos capaces de escucharles evitando sentir compasión por sus sentimientos de frustración, sugiriéndoles posibles soluciones o, mejor aún, dejando que las encuentren por sí mismos, potenciamos en ellos la autodeterminación y les alejamos de la autocompasión. Si en lugar de compadecerlos depositamos nuestra fe en su fuerza interior, les ayudaremos a comprender que necesitan confiar más en ellos mismos.

Si los niños viven con el ridículo, aprenden a ser tímidos

Ridiculizar a alguien es siempre cruel, a pesar de que sólo le gastemos una broma. «Vamos, estaba bromeando. ¿No sabes aceptar una broma?» Racionalizar el ridículo de esta forma culpabiliza a la víctima objeto de la broma. La persona que está siendo ridiculizada es relegada a una posición de total indefensión. Si se opone a la broma todavía hace más el ridículo; si la acepta, su autoestima se ve perjudicada.

Un niño que es ridiculizado a menudo desconoce si lo mejor es tratar de apaciguar o evitar a la persona que se está metiendo con él. Esta confusión genera una ambivalencia, un punto muerto, como frenar y pisar el acelerador de un automóvil simultáneamente. Atrapado en este conflicto, el niño puede convertirse en una persona indecisa y tímida, viviendo al margen de cualquier nueva experiencia y tratando de no llamar la atención.

La timidez de un niño que suele ser ridiculizado no es innata. Aunque los niños tímidos tienen dificultades a la hora de relacionarse con los demás, la introversión que les caracteriza es siempre fruto de su personalidad. Sin embargo, los niños que se vuelven retraídos para evitar el ridículo necesitan nuestra ayuda. Como padres, es nuestro deber prestarles atención, escucharles para descubrir qué les ocurre y ayudarles a encontrar el modo de superar la situación.

Aplausos o abucheos

L as burlas acostumbran ir acompañadas de sonrisas, risas o carcajadas, que no son palabras sinónimas. En realidad, el ridículo podría definirse como la subversión de la risa. Si la risa es sana y no connota menosprecio hacia alguien, proporciona bienestar a quienes la comparten, al tiempo que ayuda a liberar tensiones y fomentar la amistad. No obstante, ridiculizar a alguien suele implicar reírse injustificada y cruelmente. Saber distinguir entre una risa sana y la sonrisa de complicidad que genera el ridículo resulta harto difícil para los niños, especialmente porque tanto en los cómics, en los dibujos animados o en las películas cómicas se acentúan las extravagancias o defectos de los personajes para motivar la risa del espectador. Si un payaso cae de bruces al suelo o choca contra la pared, la audiencia se desternillará de risa. Así pues, es necesario que los padres enseñemos a nuestros hijos que la comedia que representa el payaso en el escenario es pura ficción y divertimento; que en la vida real, en lugar de reírse si alguien cae al suelo o se equivoca, debemos ayudarle. De lo contrario, los niños pueden no entender que reírse de los problemas o infortunios ajenos es moralmente reprobable.

Scott, de diez años, no goza de una espléndida complexión atlética y sin embargo está a punto de batear. Cuando se dispone a hacerlo, los niños del equipo contrario empiezan a vitorear su nombre.

—¡Scott, Scott, Scott! —exclaman con creciente intensidad.

Al principio Scott parece complacido de oír su nombre. Sin embargo, puesto que los gritos no cesan a pesar de errar el primer golpe y a continuación el segundo, comprende que los niños se están burlando de él. Sonrojado y humillado, al batear por tercera vez vuelve a fallar. Su equipo está a punto de perder el partido y los abucheos de los niños aumentan. Primero parece confuso y, paulatinamente, empieza a enojarse. Scott no sabe qué hacer: abandonar el partido o ignorar a los niños y seguir jugando.

Al ridiculizar a alguien convertimos la risa en desprecio, lo que, al margen de su edad, crea un sentimiento de confusión en los niños. Scott no advirtió de inmediato que, en lugar de animarle, los niños del equipo contrario se estaban burlando de él. Aunque su inclinación inicial era compartir sus risas, no tardó en comprender que le estaban ridiculizando y, a pesar de no captar la sutileza de los insultos, se sintió incómodo y perplejo.

Si Scott fuera objeto de burlas y escarnios por parte de sus compañeros podría fácilmente descorazonarse y abandonar cualquier tipo de actividad colectiva. El temor a ser ridiculizado puede hacer que un niño se vuelva solitario, retraído y tímido. Cuando un niño pierde la seguridad en sí mismo, cae inevitablemente en un círculo vicioso difícil de superar: al percibir su inseguridad y vulnerabilidad, sus compañeros no tardarán en convertirle en el blanco continuo de sus bromas y el niño, que tendrá que pagar un precio muy alto si desea ser incluido en el grupo, en lugar de superar la situación se aislará todavía más en su propia soledad.

Nuestros hijos no siempre nos contarán experiencias de este tipo. Es posible que se sientan humillados o incómodos al tener que admitir que están siendo objeto de burla y que incluso creen que no podemos ayudarles. En realidad, están en lo cierto. Aunque nos pese, no podemos protegerles de las bromas de otros niños ya que, en estos casos, la intervención paterna, es contraproducente. No obstante, lo que sí podemos hacer es ayudarles a superar el sentido del ridículo y animarles a buscar nuevos amigos.

A veces es preciso reconocer que nuestros hijos también ridiculizan a otros niños. Enfrentarnos al hecho de que pueden ser crueles con los demás no resulta fácil. Tratar de reconducir su comportamiento con simples advertencias («No hagas eso»,

«Es de mala educación reírse de los demás») no soluciona el problema. En estos casos, la mejor estrategia es potenciar la sensibilidad del niño por los sentimientos de los demás con comentarios reflexivos: «Imagina cómo te sentirías si te hicieran lo mismo a ti» o «¿Has visto su expresión cuando le has dicho eso a tu amigo? Me pregunto cómo se habrá sentido». Si queremos enseñar a nuestros hijos a sentir empatía y ser amables con los demás, hemos de mostrarles nuestra comprensión. Si los niños crecen en un entorno familiar armonioso y conviven con empatía y tolerancia, aprenden a sopesar, valorar y respetar las necesidades de los demás.

Apoyo paterno

Aunque no podemos controlar cómo los demás niños tratan a nuestros hijos, hemos de hacer lo posible por descubrir cualquier indicio en su comportamiento —repentina timidez o inseguridad— que revele que está siendo objeto de las burlas de los demás. Si su hijo comenta que sus compañeros le han puesto un mote, tómese el asunto con la seriedad que merece. Restar importancia al tema diciéndole «Olvídalo, seguro que no lo hacen con mala intención», no soluciona el problema. La primera reacción debería ser escucharlo y animarlo a hablar acerca del incidente para que exteriorice sus sentimientos. Si su hijo está en edad preescolar, sería conveniente entrevistarse con su profesor, no para quejarse del comportamiento de los otros niños ni para que éste proteja al niño, sino para planificar una estrategia efectiva que le ayude a superar la situación.

Clare, de nueve años, estaba siendo rechazada y ridiculizada por un grupito de niñas de su misma clase. Ante los constantes ataques de sus compañeras de quinto curso, su profesor advirtió que la reacción de la niña era aislarse, volverse tímida, retraída y, en consecuencia, potenciar todavía más su vulnerabilidad. Puesto que todas las noches, antes de acostarse, Clare lloraba sin motivo aparente y, por la mañana, no quería ir a la escuela, la madre concertó una entrevista con su profesor.

Junto con éste, los padres de Clare trazaron un plan para ayudar a la niña a superar el problema. Cuando veía que las niñas que la molestaban se acercaban a Clare, el profesor trataba de guiarla sutilmente hacia un grupo de niñas más amable. Por su parte, los padres de Clare conversaron con su hija sobre el verdadero significado de la amistad, sobre cómo se comportan los auténticos amigos y cómo hacer nuevas amistades. Gracias a la ayuda de sus padres y de su profesor, Clare no sólo superó su timidez sino que aprendió a buscar nuevas amigas.

Cuando nosotros somos los culpables

A veces, y a menudo inconscientemente, somos nosotros quienes ridiculizamos y nos burlamos de los demás. Quizá, sin darnos cuenta, se nos escapa un comentario jocoso acerca de un desconocido que se cruza en nuestro camino o un chiste bienintencionado a costa de un amigo. Aunque así sea, si nuestros hijos advierten que solemos hablar burlonamente de un extraño o de un amigo que no está presente, repetirán nuestra actitud y creerán que ridiculizar a los demás es moralmente correcto.

Una madre me contó la siguiente anécdota:

—En el centro comercial de nuestro vecindario a veces nos cruzamos con una mujer que, de pronto, se detiene en la acera y saluda a los coches que pasan. Un día, al salir del mercado y ver a la mujer, una señora le comentó a su hija: «Mira, ahí va la loca del barrio». «Mamá, eso que acabas de decir no está bien. ¿Cómo te sentirías si alguien te llamara loca?» «Yo la llamo la dama feliz», comenté.

»Tras escuchar mis palabras la niña pareció tranquilizarse y yo añadí: "Sí, apuesto a que es muy feliz."

A veces son nuestros propios hijos los que nos educan en valores.

El ridículo en el ambiente familiar

Como padres, a veces caemos en la trampa de ridiculizar y bromear con nuestros hijos, creyendo que con esta actitud lograremos fortalecerles emocionalmente. Ni que decir tiene que el ridículo no es un buen método para fortalecer el carácter de nadie. En lugar de ayudarle, lo único que conseguiremos es convertir al niño en un falso bravucón.

El padre de Pete, una ex estrella del fútbol, es ahora el entrenador del equipo local, que encabeza la clasificación de la temporada y en el que juega su hijo. Durante el entrenamiento el padre cree que Pete, de doce años, no está siendo suficientemente agresivo en el campo y no ceja de ridiculizarle delante de sus compañeros de equipo.

—¿Se puede saber qué diablos estás haciendo? ¿A qué esperas para ir tras ese balón? ¿El señorito espera a que el mayordomo le sirva el té?

Al escuchar las palabras de su padre, Pete asiente con la cabeza pero, incapaz de concentrarse en el juego, no da pie con bola durante todo el entrenamiento.

Aunque los comentarios jocosos del padre sean bienintencionados, en lugar de motivar a Pete lo frustran y humillan. Es posible que su entrenador le alentara con palabras similares y el padre se limite a repetirlas. De seguir con esta estrategia, no sólo perjudicará la autoestima de su hijo sino su relación con él.

El ridículo encuentra el terreno abonado entre hermanos. En efecto, los hermanos mayores pueden ser muy crueles y maliciosos con los pequeños de la casa. Conscientes de sus flaquezas, saben cómo chantajearles cada vez que las relaciones son tensas.

Jill sabe que su hermano pequeño está intentando entablar amistad con un niño de su misma edad que acaba de mudarse al vecindario. Cada vez que les ve hablando o jugando con el monopatín, Jill se acerca montado en su bicicleta y saluda a su hermano.

—¡Hola, meón! ¿Mojaste la cama anoche?

Estar expuesto diariamente al ridículo dentro del seno familiar es perjudicial para los niños ya que la inseguridad que esto genera les impide participar plenamente de la vida cotidiana de la familia. Los padres han de ser conscientes de las relaciones entre hermanos e intervenir para que reine la armonía entre ellos y todos se sientan seguros en su propio hogar.

La seguridad del hogar

Todos, tarde o temprano, acabamos siendo blanco de las bromas o chistes de los demás. En este sentido y por más que tratemos de evitarlo, nuestros hijos sufrirán esta dura experiencia durante su infancia o adolescencia. Sin embargo, si creamos una atmósfera de seguridad en el hogar, los niños serán capaces de superar la situación sin sentirse presionados. Educar bien a nuestros hijos supone, en primer lugar, esforzarnos en conocerlos y comprenderlos, en saber «ponernos en su lugar». Los padres capaces de reconocer y aprender de sus propios defectos y errores crean un ambiente familiar acogedor y propicio para sus hijos. Cuando los miembros que integran la familia saben reírse *con* y no *de* los demás, reina la armonía y se fortalece la confianza mutua entre padres, hijos y hermanos.

Si los niños viven con celos, aprenden a sentir envidia

La envidia es un monstruo de ojos saltones y penetrantes, un sentimiento que nos hace mirar con recelo todo cuanto nos rodea. Podemos envidiar a nuestro vecino porque su césped es más verde que el nuestro, su coche mejor y su casa más imponente o, por el contrario, valorar y disfrutar lo que poseemos sin sentir ningún tipo de codicia o ambición.

Si bien es cierto que siempre habrá alguien que posea aquello que más deseamos, también habrá quien tenga menos. De nosotros depende ser realistas y saber sobrellevar la realidad. Si nos sentimos insatisfechos, nos obsesionamos por compararnos con los demás y sentimos envidia por lo que tienen, nuestros hijos no tardarán en seguir nuestros pasos y sus vidas estarán teñidas por la envidia y la decepción. Si deseamos que nuestros hijos aprendan a disfrutar de cuanto tienen, por poco que sea, en lugar de sentirse infelices por lo que no tienen, hemos de intentar dominar y domesticar nuestro propio y particular monstruo de la envidia.

«Lo tuyo es mejor que lo mío»

Advertir las diferencias y hacer comparaciones es normal e inevitable. De hecho, es un ejercicio esencial e inherente a nuestra existencia. La capacidad de establecer diferencias es una importante faceta en el desarrollo del proceso de aprendizaje del niño. Aprender a descubrir las diferencias es el primer paso hacia el desarrollo del pensamiento crítico. Sin embargo, si al establecer una relación comparativa somos incapaces de asumir la realidad tal como es, la envidia desequilibrará no sólo nuestro ánimo sino la atmósfera familiar.

Mientras la madre riega las plantas y las niñas juegan en el jardín, el padre estaciona el nuevo coche frente a la casa. La madre sonríe al comprobar que el color de la carrocería es el que deseaba y las niñas, entusiasmadas, no dejan de gritar de alegría. El padre baja del coche y lo contempla con orgullo.

Desde el primer día, cuidar el nuevo coche es para toda la familia una satisfacción. Durante los meses de verano, las niñas ayudan al padre a limpiarlo cada fin de semana, y cuando suben se sientan con sumo cuidado y evitan comer en el interior para no ensuciar la tapicería.

Al llegar el otoño, el vecino de enfrente se compra también un coche. Cuando el padre comprueba que el modelo es mejor que el suyo, pero mucho más barato, comenta con cierto recelo:

—Quizá debí haber comprado ese modelo. Si hubiera esperado un par de meses...

—No tiene importancia —le interrumpe su esposa tratando de tranquilizarle—. Nuestro coche es ideal para nosotros.

Al ver a su padre malhumorado cuando conduce, las niñas están desconcertadas ya que no comprenden por qué, de pronto, parece haber perdido interés por su nuevo coche. Aunque desconozcan la razón, saben que su padre siente envidia por el coche del vecino. Ante la actitud del padre, las niñas pierden rápidamente el entusiasmo. El coche ha dejado de ser especial y, en consecuencia, ya no tienen el menor cuidado por él: se sientan de cualquier manera en el asiento trasero y comen galletas y chocolatinas.

La actitud negativa del padre no sólo ha afectado su propio sentido de bienestar, sino también el de toda la familia. Con su envidia el padre está transmitiendo a las niñas un mensaje negativo: el valor de una persona depende de las posesiones materiales. Desde luego no es éste el mensaje que deseamos transmitir a nuestros hijos.

Las comparaciones no siempre generan sentimientos de envidia, también pueden hacer brotar sentimientos de aprecio y admiración. Si el padre del caso anteriormente expuesto hubiera sido capaz de reconocer la buena fortuna de su vecino, no sólo le respetaría por haber sabido negociar un mejor precio a la hora de adquirir su nuevo coche, sino que nada le impediría admirarlo y seguir disfrutando del suyo.

A veces no son las posesiones materiales las que encienden nuestra envidia, sino los hijos de los demás. La probabilidad de que esto ocurra es mucho mayor si nos vemos proyectados en los éxitos o fracasos de los niños. Confundir nuestra identidad con la de nuestros hijos genera comparaciones que conducen inevitablemente a una malsana competitividad entre los niños y, por supuesto, entre los padres, que de pronto desean que su hijo sea el primero en caminar, el que tenga mejor aspecto físico, más amigos y mejores calificaciones para acceder a las prestigiosas universidades de la Ivy League.

Una joven madre me comentó:

—Recuerdo que durante la fiesta de fin de curso una compañera de mi hija leyó una historia con total soltura y perfección. He de reconocer que, al escucharla, sentí mucha envidia. Mi mayor deseo era no sólo que mi hija, que tenía serias dificultades con la lectura, pudiera leer tan bien como ella, sino que aquella pobre niña, de cuatro años de edad, empezara a tartamudear o enmudeciera de pronto. ¡Qué tontos y celosos somos los padres!

Siempre habrá niños mejores, más rápidos, más fuertes o más atractivos que nuestros hijos y que, inevitablemente, despierten en nosotros recelos insospechados. Cuando esto ocurra, hemos de procurar reconducir la situación. En lugar de remarcar las incapacidades o defectos de nuestros hijos, ensalcemos sus virtudes. Sólo valorando y apreciando las características únicas de nuestros hijos sabremos apreciar positivamente las diferencias cuando las comparaciones sean inevitables. Puesto que amamos a nuestros hijos, es natural que nos alegremos de sus éxitos y lamentemos sus fracasos, pero siempre hemos de tener presente que sus logros o errores dependen enteramente de ellos. Las esperanzas que depositamos en nuestros hijos deben responder siempre a su personalidad y sus capacidades, nunca a nuestro deseo egoísta de proyectar en ellos nuestras frustraciones ocultas.

Rivalidad entre hermanos

Es normal que los hermanos compitan para conseguir la atención o el reconocimiento de sus padres. Comparar las capacidades de los hermanos o, aún peor, mostrar favoritismo por uno en detrimento del otro, intensifica la competitividad entre ellos y reduce la posibilidad de consolidar entre ellos una sincera y fraterna amistad.

En un intento por alentar a su hija Sharon de siete años, su madre comenta:

—Tienes que esforzarte por mejorar tu caligrafía. Si practicaras más, podrías tener una letra tan bonita como la de tu hermana.

Sharon levanta la vista del cuaderno y mira cómo su hermana de diez años, hace los deberes. Los maestros, los compañeros de clase, e incluso mamá parecen admirar más a su hermana que a ella. Sharon se siente tan confusa que no sabe si odiar a su hermana o a sí misma.

—¡No sé hacer nada bien! —exclama Sharon—. Mi lápiz emborrona el papel... —Se levanta de la mesa y, mientras sube por la escalera con los ojos humedecidos, añade—: Odio tener que aprender a escribir.

Si por un comentario desafortunado nuestros hijos reaccionan negativamente, es preciso que reflexionemos acerca de la auténtica intención del mismo. En el caso que nos ocupa, el primer impulso de la madre de Sharon es ponerse a la defensiva y preguntarse por qué se muestra tan poco razonable. Sin embargo, si analiza la situación, comprenderá que el haber comparado a Sharon con su hermana ha despertado los celos de la pequeña hacia aquélla. Es preciso que la madre comprenda los sentimientos de su hija, se disculpe y comunique a la niña que, en adelante, jamás la comparará con nadie. Los niños no suelen ser rencorosos y acostumbran perdonar con generosidad a sus padres si éstos son capaces de admitir sus errores.

No obstante, por más cautelosos que seamos, por más que midamos nuestros comentarios, no podremos evitar la rivalidad natural entre hermanos. Mientras mamá corta la tarta, Linda y Gray, dos hermanos gemelos de cinco años la observan sin perderse detalle, dispuestos a protestar si las porciones no son exactamente iguales. Es obvio que, a pesar del esfuerzo de la madre, uno de los dos acabará teniendo la porción mayor. Aunque este ejemplo pueda resultarnos una nimiedad, genera en algunos niños la equívoca sensación de que sus padres favorecen y quieren más a sus hermanos que a ellos.

Tómense seriamente los sentimientos de envidia de sus hijos y traten de equilibrar la situación. Recuerden: la tarta es un símbolo del amor paterno. El especial interés de sus hijos por conseguir la misma porción de tarta que su hermano o hermana es una forma indirecta de expresar la necesidad de sentirse amado con ecuanimidad. Si somos capaces de conseguirlo, consolidaremos la amistad fraterna entre nuestros hijos y lograremos que sean ecuánimes con los demás.

Mentalidad estándar

Suzanne se ha teñido el cabello. ¿Por qué yo no puedo?» «Mickey tiene unas zapatillas de deporte como las que yo quiero...»

«Todas mis amigas llevan pendientes. Yo también quiero hacerme orificios en las orejas...»

Los niños de todas las edaes desean tener lo mismo que sus

amigos: los mismos juguetes, la misma ropa, las mismas notas, el cabello rizado o lacio, etc... Creen que si tienen las mismas cosas, lograrán ser como los amigos que tanto admiran.

«Con la ropa adecuada seré tan popular como Samantha.» «Cuando consiga esas zapatillas jugaré al balocesto tan bien como Janson.»

Los niños suelen identificar las posesiones materiales con el bienestar. Creen que para alcanzar el éxito y el reconocimiento necesitan poseer ciertas cosas. A diferencia de nosotros, todavía ignoran que esta perspectiva materialista potencia los desengaños en la vida.

Durante la preadolescencia y la adolescencia, cuando nuestros hijos se sienten más atraídos por sus amigos que por sus padres, su obsesión es tener lo que aquéllos poseen. También durante esta etapa están aprendiendo a desarrollar el pensamiento abstracto y filosófico y empezando a delimitar el puesto que ocupan en el mundo. Puesto que este proceso puede resultarles desalentador es normal que traten de eludir su confusión refugiándose en el grupo. En este sentido, encajar en él es para ellos esencial.

Debemos ayudar a nuestros hijos a ser conscientes de que las diferencias individuales son siempre enriquecedoras. En tanto que padres, nuestro mayor deseo es que desarrollen confianza en sí mismos y no sientan necesidad de actuar como sus amigos o desear tener todo cuanto los demás poseen. Un adolescente con personalidad propia y seguridad en sí mismo tendrá menos necesidad de emular a sus amigos.

Esto no significa que los niños no deban ser influidos positivamente por sus amigos. Seguir el modelo de un amigo al que admiran es muy distinto que imitarle. La admiración puede ayudar a nuestros hijos a alcanzar metas que quizá, de otro modo, jamás se hubieran planteado. A pesar de que no consiga alcanzar su objetivo, la admiración y aprecio, que no la envidia, por el éxito de los amigos ayuda a superar el posible fracaso.

—Carmen es la nueva capitana del equipo. Aunque me hubiera gustado que me eligieran a mí, sé que hará un buen trabajo. Con ella a la cabeza, nuestro equipo será más fuerte —comenta Carrie, que aspiraba a ser la capitana del equipo de atletismo de su instituto.

Los adolescentes necesitan nuestra ayuda para descubrir su propia identidad. Durante su andadura por esta delicada etapa de la vida es importante estar a su lado. Hemos de ayudarles a identificar y actualizar sus mejores cualidades. La mejor forma de hacerlo es prestándoles atención y escuchándoles siempre que nos necesiten, mientras viajamos en coche, antes de acostarnos, mientras cocinamos o trabajamos en el jardín. Si bien no es siempre posible planificar el momento exacto en que tendrán lugar este tipo de charlas, no debemos olvidar que se trata de un tiempo valioso que jamás debemos desaprovechar. La clave es saber escucharles cuando abren su corazón y expresan sus ideas y sentimientos y, por supuesto, ofrecerles nuestro punto de vista sin perjudicar su incipiente deseo de independencia. En este sentido, si queremos potenciar que los adolescentes piensen por sí mismos, debemos evitar imponerles nuestras opiniones y alentar sus iniciativas.

Valorarse y valorarnos

En tanto que padres tenemos la responsabilidad de contemplar y apreciar en nuestros hijos aquellas cualidades que les hacen especiales y únicos. Si valoramos a nuestros hijos, aprenden a valorarse. Prestando atención a sus deseos, inquietudes, sueños, bromas y deseos les comunicamos lo mucho que nos importan, les hacemos saber que apreciamos y valoramos sus cualidades únicas y que, bajo ningún concepto, desearíamos que fueran otro tipo de persona.

La mejor manera de ayudarles a aceptarse por lo que realmente son es aceptando nuestras propias y únicas debilidades y virtudes. No hay mejor razón para superar nuestras propias carencias y encontrar la paz interior que ser conscientes de que con nuestro ejemplo aprenderán a aceptarse tal como son y a afrontar con optimismo y seguridad la vida futura.

Si los niños viven
con vergüenza,
aprenden a sentirse culpables

Todos deseamos que nuestros hijos sepan distinguir entre el bien y el mal. Aprender esto les llevará años, si no toda la vida. Debemos empezar enseñándoles que no deben apropiarse de los juguetes de sus amigos, que los caramelos de la tienda se tienen que pagar y que hacer trampas no es correcto. A medida que van creciendo, tenemos que ayudarles a comprender cuestiones éticas mucho más complicadas: si es aceptable mentir alguna vez, qué deben hacer si saben que un amigo ha hecho algo incorrecto, etc. Desarrollar un fuerte equilibrio interno de la moralidad es un largo proceso vital, pero podemos ayudar a nuestros hijos a iniciar el camino.

¿Cómo educar a nuestros hijos a distinguir entre lo bueno y lo malo? Aunque deseamos y esperamos que aprendan a ser buenos y correctos siguiendo nuestro ejemplo, ¿cómo debemos reaccionar cuando no lo son? ¿Qué hacer cuando su conducta es incorrecta? ¿Qué hacer si lastiman a otra persona o destruyen intencionadamente la propiedad privada? Como padres, es nuestra tarea enseñarles a comprender que bajo ningún concepto les permitiremos herir a los demás o a ellos mismos y que, a veces, es necesario reconocer nuestros errores, avergonzarnos de nuestras acciones e incluso sufrir las consecuencias.

Sin embargo, no deseamos que vivan avergonzados o se sientan culpables. Los niños que sienten vergüenza y llevan sobre sus hombros un sentimiento de culpa son inseguros y no gozan de autoestima. Así pues, no debemos avergonzar a nuestros hijos para manipularles o controlarles. Los niños aprenden mejor si se les apoya y motiva, nunca si se les castiga.

Afortunadamente, los hijos no suelen tratar de herir deliberadamente a los demás. Por lo general, nuestras intervenciones responden a trasgresiones no intencionales ni deliberadas: arrebatar de las manos de su amigo un juguete, dejar la cocina hecha un cisco, o tomar prestadas cosas sin permiso. En estas circunstancias, nuestro deber como padres es ayudarles a comprender que su comportamiento no ha sido correcto, mostrarles la consecuencia que puede generar su acción y cómo establecer el orden correcto y causal de los acontecimientos.

Motivar el aprendizaje, no la culpabilidad

Cuando nuestros hijos hacen algo mal —cuando roban algo, mienten o hacen trampas— nuestro primer impulso es enfadarnos y, a continuación, suponer lo peor. En esos momentos es de suma importancia otorgar a nuestros hijos el beneficio de la duda. Quizá todavía no comprendan las normas éticas que están trasgrediendo. En lugar de reprenderles y amonestarles, podemos convertir estos incidentes en experiencias educativas. Si tenemos cuidado de no deducir conclusiones y en su lugar dejamos que nuestros hijos nos expliquen la razón de su comportamiento, dicha experiencia les servirá para comprender qué esperamos de ellos sin dañar su autoestima.

Al bajar al salón la madre advierte que su portamonedas está abierto y que todo el cambio que tenía ha desaparecido. En la casa sólo están ella y su hija Melissa, de siete años. La madre entra en la habitación de la niña y, teniendo especial cuidado de ceñirse únicamente a los hechos, dice:

—He notado que las monedas de mi portamonedas han desaparecido.

Melissa, ocupada con sus muñecas, levanta la vista y frunce el entrecejo.

La madre prosigue:

—Mi portamonedas estaba abierto dentro de mi bolso. ¡Qué extraño! Normalmente suelo cerrarlo. Me pregunto qué habrá pasado.

Melissa trata de explicarlo.

—Bueno, el camión de helados estaba frente a la casa y necesitaba dinero para comprarme uno. Como tú estabas hablando por teléfono, tomé el dinero prestado de tu portamonedas. No sabía como cerrarlo, así que lo dejé abierto. Lo siento.

La madre tiene la tentación de esbozar una sonrisa pero mantiene la seriedad. Está bien que Melissa lamente lo ocurrido, pero la niña todavía no comprende las consecuencias de su acción. Tras sentarse cerca de Melissa y sus muñecas, advierte a la niña gentilmente pero con firmeza:

—Mi portamonedas y mi dinero son privados. Yo no tomo dinero de tu hucha y tú no tienes permiso para tomar prestado el mío.

Si es la primera vez que ocurre algo semejante, ambas acordarán que Melissa devuelva a su madre el dinero de su asignación semanal. Si es la segunda vez, la consecuencia puede también incluir prohibirle ver su programa favorito de televisión. Si robar dinero se convierte en un hábito, la madre deberá tomar una acción más severa, quizá incluso solicitar la ayuda de un profesional para averiguar la causa del comportamiento de su hija.

Con su reprimenda la madre no pretende avergonzar a Melissa por haber tomado el dinero pero sí dejar bien claro que su comportamiento es inaceptable. Es posible que Melissa se sienta culpable por lo ocurrido, sin embargo no por ello tiene que considerarse una ladrona.

La madre puede incluso ayudarla a aprender qué hacer en el futuro si se encuentra en la misma situación.

—Comprendo que quisieras el dinero para comprar un helado y que yo estaba ocupada, pero no puedes tomar prestado dinero de mi portamonedas sin pedirme permiso. ¿Qué podías haber hecho en lugar de actuar por tu cuenta y riesgo?

Tras reflexionar unos segundos, Melissa responde:

—Podía haber esperado a que dejaras de hablar por teléfono... Pero en ese caso el camión se habría alejado y me hubiera quedado sin helado. —La niña guarda silencio de nuevo y luego añade—: Bueno, supongo que podía haber sacado el dinero de mi hucha.

—Muy buena idea —asiente mamá.

—También podía haber escrito una nota para que la leyeras mientras hablabas por teléfono.

—Es otra posibilidad...

—De hecho, podía no haber comprado el helado... —sugiere Melissa, no muy entusiasmada por esta opción.

—Lo dudo —interrumpe la madre echándose a reír—. En fin, la próxima vez que necesites dinero, pídemelo. ¿De acuerdo?

Las preguntas de la madre han enseñado a Melissa una valiosa lección: evaluar su comportamiento y pensar cómo podía haber satisfecho su deseo por el helado de una forma aceptable. Estas preguntas no la hacen sentir mal porque la madre la ha avergonzado o culpabilizado por su error. Todo lo contrario, han posibilitado que, a partir de ahora, la niña sea responsable de sus actos.

«¡Eres un auténtico desastre!»

El desorden reinante en la habitación de Julie es total. Ante semejante caos, su madre, perdiendo la paciencia, regaña a su hija de once años.

—¿Cómo puedes vivir en esta pocilga? —inquiere con tono insultante—. ¡Eres un auténtico desastre!

Abrumada, Julie se encamina hacia su habitación y dice:

—Está bien, ahora la ordeno.

Sin embargo, incluso después de que Julie haya hecho lo que su madre le ha ordenado, sigue sintiendo que la causa del malhumor de su madre no ha sido la habitación sino ella misma. Avergonzar a los niños para inculcarles nuevos hábitos sólo les enseña a sentirse mal con ellos mismos y no potencia en absoluto el cambio de su conducta a largo plazo.

La madre de Julie tiene que recordar que no está enojada con su hija, sino por el desorden reinante en la habitación. Una clara advertencia a tiempo, «Quiero que limpies la habitación ahora mismo», transmitiría a la niña la desaprobación de la madre pero no dañaría la autoestima de Julie. Si la madre añadiera «Tu habitación es un desastre; no puedo soportar por más tiempo semejante caos», el énfasis recaería en el desorden de la habitación, no directamente en la niña, y ésta comprendería que su madre no está poniendo en tela de juicio su carácter.

El derecho a tener sentimientos propios

En tanto que adultos, es posible que nos cueste recordar qué significa ser niños. A veces cuando nuestros hijos están preocupados o enfadados, nos parece que se comportan de forma irracional. Hemos de tener siempre presente que los niños están aprendiendo a expresar sus propios sentimientos y que, a según qué edades, todavía no son capaces de racionalizarlos. Al margen de nuestra opinión, hemos de permitir que nuestros hijos se expresen emocionalmente sin avergonzarles por ello.

Donny era un niño activo y brillante de cinco años que solía asustarse cada vez que había tormenta, inclemencia muy común donde vivía. Así, cuando el cielo se encapotaba y los rayos y truenos se sucedían, el nerviosismo de Donny afloraba y no podía evitar manifestar su miedo.

—Tengo miedo. El trueno ha sonado muy cerca. ¿Pueden los rayos fulminar la casa?

Cuando, aterrorizado, empezaba a llorar y se escondía, su padre no podía soportarlo. Le resultaba absurdo que el niño necesitara su protección.

—No tienes de qué asustarte —trataba de tranquilizarle—. No te preocupes, los rayos no pueden fulminar la casa.

Si, a pesar de sus palabras, el miedo de Donny no remitía, el padre le repetía el mismo mensaje pero con manifiesta impaciencia, lo que empeoraba las cosas.

—¿Se puede saber qué diablos te ocurre? —inquirió el padre fuera de sus casillas al ver que su hijo seguía llorando—. Parece mentira que a tu edad tengas miedo de un insignificante trueno... Yo de ti me avergonzaría de ser tan cobarde.

Aunque con este comentario el padre sólo trataba de minimizar la causa de la ansiedad del niño, sus palabras surtieron un efecto negativo pues le estaba enseñando a sentir vergüenza de tener miedo.

Si en lugar de emitir cualquier juicio de valor negativo ante el aparente miedo irracional del niño, el padre le hubiera sentado en sus rodillas y preguntado «¿Qué te gustaría decirles al señor Trueno y al señor Rayo?», la reacción del niño habría sido muy distinta.

En efecto, al reconducir constructivamente la ansiedad del niño, el padre le habría ayudado a relativizar su miedo. Es más, al personificar el objeto de sus temores, es posible que incluso el niño los superara ordenando al trueno: «¡Señor Trueno, váyase de aquí!»

Nuestro grado de aceptación de los errores y temores de nuestros hijos, así como nuestra ayuda para enfrentarse a ellos, potencia la seguridad del niño y desvanece cualquier sentimiento de culpa o vergüenza. Por irracionales o insignificantes que puedan parecernos sus sentimientos, los niños tienen derecho a expresarlos y manifestarlos para descubrir sus necesidades emocionales. A medida que el niño crece, aprende a exteriorizarlos racionalmente. Así pues, hasta que no alcance su madurez, de nada sirve avergonzarle para tratar de minimizar sus sentimientos. Antes bien todo lo contrario, el primer paso para vencer cualquier sentimiento negativo es exteriorizarlo. Así pues, en tanto que padres, hemos de procurar ayudarles a hacerlo de la forma más constructiva posible.

Aceptar la responsabilidad

Los niños de corta edad adquieren conciencia de la relación causa-efecto a través de la experiencia y de los juegos. Un niño, de entre uno y dos años y medio de edad, que tira la cuchara desde su trona, a la vez que juega está experimentando. Para él se trata de un juego muy divertido, especialmente si mamá o papá recogen la cuchara cada vez que la tira para volver a experimentar. El niño disfruta al comprobar su interacción en ese juego, que le sirve para comprobar ingenuamente la ley de causalidad, y que sólo abandonará cuando su padre o su madre se nieguen a recoger la cuchara del suelo.

A medida que los niños maduran adquieren conciencia de cómo poner en práctica formas más sutiles para causar un acontecimiento y hasta qué punto éste puede afectar a los demás. El aprendizaje de esta interacción posibilita que el niño se responsabilice y participe en la vida familiar. Cuando durante este proceso de aprendizaje cometen errores, no debemos avergonzarles sino ayudarles a comprender que éstos les ayudarán a rectificar y, en consecuencia, a mejorar. Incluso los niños de corta edad, tras equivocarse, a menudo expresan espontáneamente su deseo de ayudar a restablecer el orden familiar para complacer a sus padres.

Billy, de seis años, se dispone a sacar el zumo de naranja del frigorífico. De pronto, al cerrar la puerta, la botella le resbala de la mano. Para su hermanita de dieciocho meses que está sentada en su trona, el espectáculo es muy divertido. Al ver cómo el líquido naranja se extiende por el suelo, la niña aplaude y sonríe. Sin embargo Billy contempla la situación de una forma más madura y de inmediato es consciente del lío en que se ha metido. Sin pensarlo dos veces, agarra un trapo de cocina y trata de limpiar el suelo de la cocina. Su intención es que el trapo absorba el líquido pero desconoce que es necesario escurrirlo. La primera impresión de la madre al entrar en la cocina es que el niño está jugando con el zumo derramado en el suelo.

—Lo siento, mamá —se lamenta el niño—. Lo estoy limpiando.

Antes de hacer cualquier comentario inoportuno, la madre guarda silencio y mira a Billy que, a su manera, está haciendo lo posible por enmendar su error.

—Deja que te eche una mano —sugiere—. Lo estás haciendo muy bien, pero será mejor que utilices una esponja y el cubo.

Es de vital importancia reforzar positivamente el esfuerzo de nuestros hijos para ayudar a restablecer el orden familiar que, en este caso, ha sido alterado por un accidente fortuito. Así pues, es necesario reconocer y motivar cualquier intento constructivo, en lugar de castigarles por haber cometido algún error. Al disculparse por haber derramado el zumo, Billy reconoce su error. Aunque su intento por limpiar el suelo antes de que su madre entrara en la cocina no sea efectivo, ésta reconoce su esfuerzo y el accidente termina siendo una experiencia positiva para el niño.

Es de vital importancia que los padres transmitan a sus hijos que la responsabilidad, al igual que una moneda, tiene dos caras. Ser responsable significa asumir conscientemente no sólo los posibles fracasos, también los triunfos. Sólo así lograremos ayudarles a reforzar su autoestima y a superarse.

«*Lo siento...*»

L as disculpas pueden actuar como un bálsamo, ayudan a suavizar los errores cometidos. Andrew, de doce años, está jugando a fútbol con sus amigos en el patio de la escuela. Al chutar el balón, éste se desvía y golpea a una de sus compañeras de clase. Sin pensarlo dos veces, Andrew deja de jugar y se acerca a la niña.

—¿Estás bien? —pregunta—. Lo siento mucho, no quería hacerte daño. ¿Quieres que te acompañe a la enfermería?

Andrew ha aceptado responsablemente el error cometido, lamenta realmente haber hecho daño a su compañera y desea ayudarla.

Pero, a diferencia de Andrew, hay niños que utilizan las disculpas como si de una varita mágica se tratara, como si al decir «lo siento» pudieran desvanecer cualquier error. Estos niños, que no se sienten en absoluto culpables o avergonzados por lo que acaban de hacer, piden disculpas sistemáticamente y asumen que tras pronunciar las dos palabras mágicas, todo se solucionará.

Un chico de nueve años ha desarrollado un método bastante cínico para disculpar sus travesuras. «Lo siento», balbucea mecánicamente cuando el profesor reprende su comportamiento en clase o lastima a alguno de sus compañeros en el patio. Si nuestros hijos adquieren el hábito de pedir disculpas irresponsablemente, hemos de procurar enseñarles que de nada sirven si no son sinceras. Como padres, deseamos que nuestros hijos reconozcan que con sus acciones y comportamiento pueden perjudicar a los demás. Sólo si logramos ayudarles a comprender que cuando hacen o dicen algo —sea o no voluntariamente— que hiera u ofenda a otra persona deben ponerse en el lugar del otro, conseguiremos que sus disculpas sean sinceras y evitaremos que digan «Lo siento» por hábito. Una disculpa sincera connota responsablidad, propósito de enmienda y, ante todo, empatía hacia los demás.

Si deseamos potenciar en nuestros hijos la empatía, el primer paso es ser capaces de ponernos en su lugar. Al percibir que tratamos de comprender sus sentimientos, los niños aprenden a desarrollar el mismo interés por los sentimientos de los demás.

Sam, de cuatro años, conduce su triciclo por el salón y choca contra la torre de bloques de madera que estaba construyendo su hermano Casey. Consciente de que el niño lo ha hecho deliberadamente, el padre le obliga a retirarse a su habitación. Al cabo de un cuarto de hora, el padre sube a la habitación, se sienta junto a Sam y le pregunta por qué lo ha hecho.

—¡Casey no me dejaba jugar con él! —exclama tratando de justificarse.

—¿Cómo crees que debe sentirse Casey ahora? —inquiere el padre.

—Triste y muy enfadado conmigo.

Tras lograr que el niño reflexione acerca de los sentimientos de su hermano, el padre le pregunta si considera correcta su acción. Puesto que San reconoce su error, ambos tratan de hallar una manera de resolver la situación.

—Pediré perdón a Casey y le ayudaré a reconstruir la torre —decide Sam.

Cuando Sam le pide disculpas a Casey, éste se encoge de hombros y sigue jugando con los bloques. Aunque Casey no acepta que su hermano le ayude a reconstruir la torre, comprende, y a su manera aprecia, los esfuerzos de Sam por restablecer la buena relación que había entre ambos antes del incidente.

Respetar a los demás

En un mundo regido por reglas y normas, nuestros hijos precisan que les guiemos para ocupar el lugar que les corresponde. Al hacerlo, debemos tener presente que avergonzándoles o despertando en ellos el sentimiento de culpabilidad no potenciamos un cambio en su conducta ni logramos que se comporten correctamente. No obstante, si les reforzamos positivamente y conseguimos implicarles para que reflexionen acerca de las consecuencias de sus acciones, no sólo conseguiremos que sean responsables sino también despertar en ellos el deseo de superación.

Desarrollar la capacidad de prever y evaluar la implicación futura de sus acciones requiere tiempo y paciencia por parte de toda la familia. No obstante, a medida que nuestros hijos maduran, adquieren gradualmente conciencia de la trascendencia de sus obras y aprenden a respetar los sentimientos de aquellos a quienes hayan podido perjudicar al obrar incorrectamente. En definitiva, aprenden a confiar en ellos mismos y a superarse en lugar de sentirse culpables o avergonzarse de sus errores.

Si los niños viven con ánimo, aprenden a confiar en sí mismos

El sentido etimológico del verbo «animar» es «infundir energía vital y moral al alma». Así pues, cuando animamos a nuestros hijos, no sólo les inspiramos anímicamente, también alentamos y reforzamos su proceso de aprendizaje. Nuestra tarea es ayudarles y apoyarles para que adquieran confianza en sí mismos mientras desarrollan sus habilidades innatas. Aunque teóricamente parezca sencillo, motivar e incentivar a los niños no es tarea fácil. En efecto, saber cuándo intervenir y cuándo permanecer al margen, cuándo elogiar y cuándo emitir una crítica constructiva es todo un arte, no una ciencia.

Nuestros hijos necesitan nuestro apoyo, pero también que valoremos sinceramente el progreso y desarrollo de sus capacidades; necesitan que les ayudemos a avanzar y saber que pueden contar con nosotros en los momentos difíciles, que les animemos a superar sus limitaciones, a ampliar sus horizontes, a saber que pueden mejorar, en definitiva a confiar en sí mismos. Nuestros hijos necesitan ser conscientes de que estamos siempre a su lado, incluso cuando se equivocan.

Para llevar a cabo esta ardua tarea, es indispensable prestar suma atención a las necesidades, talentos y deseos personales de cada niño. Reconocer las diferencias específicas que les caracteriza como individuos —el modo particular de reaccionar ante el fracaso, de interesarse por un nuevo proyecto o de aceptar consejos y sugerencias— es la clave para orientarles, de forma efectiva y personalizada, en su proceso continuo de aprendizaje.

Cómo alentar y motivar a nuestros hijos

Elogiar un trabajo bien hecho es natural, pero reconocer y reforzar positivamente a nuestros hijos por los pequeños pasos que toman hacia la consecución de sus objetivos es tan o más importante. Quizá resulte excesivo pedir a Samantha, de tres años, que siempre sea cariñosa con su hermano menor. Sin embargo, cuando acaricia la mano del bebé con ternura o logra que el niño esboce una sonrisa mientras su madre conduce, es conveniente reconocer la amabilidad que muestra hacia su hermano.

—¿Has visto, Sam? Le has hecho reír —advierte la madre, y Samantha, sonriendo, se siente orgullosa.

Ayudar a nuestros hijos a lograr sus objetivos es otro modo de infundirles ánimo. Podemos hacerlo de muy diversas formas. A veces es mejor echarles una mano antes de que la situación les abrume; otras, dejar que resuelvan por sí mismos sus propios problemas. No obstante, incluso cuando dejamos que sean ellos quienes decidan, una palabra, una palmada en el hombro o una buena sugerencia a tiempo son suficientes para mostrarles nuestro apoyo incondicional.

Si no logran conseguir su propósito y la frustración les invade, debemos centrar nuestra atención en la dificultad de la meta a que aspiran y restar importancia al posible fracaso.

Nathan, de cinco años, está construyendo una torre con sus cubos de plástico. Acaba de diseñar una estructura tan complicada que, a pesar de sus esfuerzos, no tardará en desmoronarse. Cuando, tras colocar la última pieza, la torre se desmorona, el niño se echa a llorar.

—Nunca habías construido una torre tan alta —observa su padre, restando importancia al fracaso de Nathan—. Era casi tan alta como tú. ¿Te ayudo a hacer otra?

Mientras ambos ponen mano a la obra, el padre le enseña algunas técnicas para edificar una estructura sólida. La oportuna intervención del padre ha servido para que el niño se sienta satisfecho al saber que su primer intento ha sido advertido y valorado, para adquirir nuevas técnicas que le ayudarán a construir mejores torres en el futuro.

Animar y motivar a nuestros hijos no es meramente aplaudir y elogiar sus logros. Suzy, una adolescente de catorce años, está haciendo un trabajo de historia sobre los juicios contra las brujas de Salem. Su padre se siente orgulloso por el interés que muestra su hija. Sin embargo, Suzy ha recopilado demasiada información sobre el tema y no sabe sintetizarla. Además, tiene que entregar el trabajo dentro de dos días y el tiempo se le echa encima.

—¡Caramba! ¡Cuánta información has conseguido! Se nota que has trabajado duro —comenta su padre.

—Sí —asiente Suzy—, pero no sé por dónde empezar.

—Veamos... —dice el padre, sentándose junto a ella—. ¿Qué libros crees que te resultarán más útiles y fáciles de consultar? —pregunta, y a continuación sugiere—: ¿Por qué no te concentras primero en éstos y luego, si te sobra tiempo, echas un vistazo a los otros?

—Los más interesantes son estos tres —señala Suzy, que de pronto parece recobrada de su pasajera frustración—. Tienes razón, será mejor que de momento me olvide del resto.

La oportuna sugerencia del padre, ha sido de gran ayuda para Suzy. Al advertir los problemas de su hija, ha sabido orientarla para que ella misma hallara la solución. Este tipo de ayuda es más significativa y alentadora que el limitarse a elogiar a nuestros hijos diciéndoles simplemente: «Buen trabajo.»

Trampas en las que solemos caer

A lentar a los hijos no siempre resulta fácil. Cuando son pequeños, a veces tenemos la sensación de estar perdiendo el tiempo al dejarles hacer las cosas por sí mismos. Cuando son mayores, ya no es cuestión de tiempo sino de esfuerzo —llega un momento en que nos hartamos de luchar por conseguir que hagan cosas que deberían hacer por sí mismos—. No obstante, y al margen de su edad, no debemos caer en la trampa de terminar haciendo lo que ellos deberían hacer. Aprender a ser responsables y participar en las tareas cotidianas, acordes con las capacidades propias de su edad, es indispensable para ellos. Así pues, nuestra tarea consiste en alentarles y motivarles para que lo consigan.

Barry está aprendiendo a anudarse los cordones de sus zapatos. Puesto que sólo tiene cuatro años de edad, los cordones se enredan entre sus torpes deditos. Mientras le mira, su madre, consciente de que se está haciendo tarde, se impacienta y piensa que debía haber comprado zapatillas con velcro, en lugar de con cordones.

—¡Deja que te ayude! —exclama, y en un abrir y cerrar de ojos anuda los cordones.

Las manos de la madre se mueven tan aprisa que Barry no ha podido ver cómo lo ha hecho. Puesto que el niño quiere aprender a hacerlo por sí mismo, tira de uno de los extremos y deshace el lazo para volver a intentarlo. Como es de suponer, la madre se enfada con Barry y éste, frustrado, se echa a llorar.

Es importante organizar y dedicar parte de nuestro valioso tiempo al lento proceso de aprendizaje que precisan nuestros hijos para llevar a cabo esas actividades diarias —vestirse, cepillarse los dientes, ordenar la habitación— sin apremiarles demasiado. No cabe duda de que, en la estresante vida que algunos llevamos, levantarse una hora más temprano de lo habitual por la mañana puede suponer un auténtico sacrificio. En efecto, para muchos padres cumplir con las obligaciones laborales y las propias del hogar no siempre resulta fácil o posible. En este sentido, dedicar un tiempo de nuestra apretada agenda diaria a nuestros hijos, es una decisión personal que cada cual debe tomar. Sin embargo, sea cual sea la decisión, tengan presente lo importante que es para su hijo, no sólo aprender a hacer las cosas por sí mismo, sino sentirse seguro y orgulloso de los logros alcanzados, en lugar de avergonzarlo o frustrarlo por no hacer las cosas con la misma habilidad que nosotros.

Otra de las trampas en que podemos caer es tratar de proteger a nuestros hijos del fracaso, desazón o dolor, desmotivándoles inconscientemente a emprender nuevas actividades. Es natural no desear que nuestros hijos fracasen, pero hay momentos en que es necesario que corran riesgos.

Eddie ha decidido presentar su candidatura a delegado de sexto curso. Tras dar las buenas noches a Eddie, sus padres comentan el tema de las elecciones escolares.

—Si no gana, sufrirá un gran desengaño —dice la madre con preocupación—. Nunca debí animarle a presentarse...

—No te preocupes —interrumpe el padre con una sonrisa—. Está siendo y será una buena experiencia para él.

—¿Incluso aunque pierda? —pregunta la madre.

—Especialmente si pierde.

El padre está en lo cierto. Al margen del resultado de las elecciones, Eddie aprenderá y madurará gracias a su experiencia personal. Si es elegido delegado de su curso, su autoestima se verá reforzada. Si pierde, por lo menos tendrá la satisfacción de saber que ha hecho todo lo posible por conseguir su objetivo. Así pues, la madre tendría que dejar de protegerlo para potenciar en su hijo la confianza en sí mismo, incluso si el resultado final del proyecto no es el deseado por ambos.

Otro de los riesgos que corremos los padres al intentar animar a nuestros hijos está estrechamente relacionado con un imperativo que formulamos con mucha frecuencia: «¡Inténtalo!» Si motivamos a nuestros hijos sólo a «intentar» hacer algo nuevo, el mensaje que reciben es equívoco. Para el niño que desea resolver con facilidad una nueva situación, decirle «¡inténtalo!» puede convertirse en la mejor excusa para no finalizar las tareas que supongan un esfuerzo.

Cuando nuestros hijos se enfrentan a una situación desafiante para ellos, en lugar de realzar la posible dificultad que ésta pueda entrañar, siempre es mejor potenciar sus capacidades. Cuando alienta a su hijo diciéndole «Hazlo lo mejor que puedas», no sólo le está comunicando que desea que consiga su objetivo sin presionarle, sino manifestando a su vez que tiene plena confianza en él y en sus habilidades. Crear una atmósfera positiva ante las expectativas, además de alentar a nuestros hijos, les ayuda a adquirir experiencia y madurez.

Por último, debemos esforzarnos en no caer en el error de persuadirlos a materializar las metas que nosotros no logramos alcanzar en su día. La madre de Tiffany ha conseguido, a pesar del esfuerzo que supone para la niña, convencerla de que se matricule en matemáticas el próximo curso.

—Para entrar en una de las universidades de la Ivy League tienes que cursar matemáticas —insiste la madre haciendo caso omiso a las quejas de Tiffany—. Si te esfuerzas y trabajas duro, podrás conseguirlo.

Tiffany no tiene interés ni por las matemáticas ni por ser admitida en ninguna de las ocho universidades de la Ivy League. Si su madre, en lugar de obligarla a hacer algo que no desea, le explicara lo importante que sería para su currículum estudiar en una de esas universidades, quizá lograría persuadirla de que vale la pena esforzarse. Sin embargo, al planificar el futuro de Tiffany sin tener en cuenta su opinión, en lugar de motivar a su hija, la está presionando; en lugar de dejar que sea la niña quien planifique su propio futuro, la está condicionando a materializar la meta que ella nunca logró alcanzar.

Es necesario tener en cuenta y respetar las expectativas de

futuro de nuestros hijos ya que éstas no necesariamente coinciden siempre con las nuestras. Cada niño es un espíritu único y, en consecuencia, debemos potenciar sus más valiosas cualidades. Si les animamos para llegar a ser la persona que ellos desean, tendremos el privilegio de contemplar el mundo a través de sus ojos. Además, cuando les permitimos manifestar lo mejor de ellos mismos, fortalecemos su autoestima e, indirectamente, consolidamos un mundo mucho más rico y pleno.

Los sueños de nuestros hijos

Los sueños de nuestros hijos suelen ser ideales y maravillosos; en ellos cualquier cosa es posible. Descubrir lo difícil y arduo que resulta lograr que los sueños se hagan realidad forma parte de su proceso de aprendizaje. Sin embargo, a pesar de enseñarles que no siempre son alcanzables, debemos intentar que jamás desestimen el poder e inspiración que sus sueños ejercen durante dicho proceso. La inexperiencia de nuestros hijos favorece que, *a priori*, ni se autoimpongan límites ni sientan miedo, dos cualidades que debemos ayudarles a conservar mientras les guiamos hacia la consecución de metas reales, a caballo entre sus capacidades y sus deseos, entre sus posibilidades materiales y sus sueños.

Algunos de sus sueños pueden parecernos poco relevantes.

—Este año te ayudaré a decorar el árbol de Navidad y pondré la estrella grande en la punta —anuncia Sasha, de tres años de edad, a su madre.

La niña es consciente de que está creciendo y, por tanto, desea participar activamente en ese importante ritual familiar. Sus padres saben que no puede alcanzar la cima del abeto ella sola, pero sí con la ayuda del padre.

—¡Qué idea tan genial! —exclama su madre, alentando su interés y no el hecho de que para conseguirlo necesitará ayuda.

Gracias a esta experiencia, Sasha advertirá que sus padres valoran sus sueños y que, siempre que los necesite, estarán a su lado para ayudarla a hacerlos realidad.

A veces, los sueños de nuestros hijos son casi imposibles de alcanzar. ¿Cómo decidir, pues, cuáles motivar y cuáles no?

El sueño de Travis era llegar a ser cantante, pero carecía de oído musical y era incapaz de entonar una canción sin desafinar. A pesar de ello, su padre le prestó toda su atención cuando el chico le explicó sus planes. Tras graduarse, Travis se trasladó a Los Ángeles, escribió la letra de varios *raps* y lideró un grupo musical que incluso editó un disco. En la actualidad, a pesar de haber materializado su sueño, Travis es un artista poco afortunado que apenas gana dinero para subsistir. Es probable que acabe abandonado su carrera musical y decida dedicarse a algo más provechoso. No obstante, lo importante es que tuvo un sueño y que su padre, en todo momento, estuvo a su lado. A partir de ahora y a pesar del fracaso, lo que importa para Travis es saber que hizo todo lo posible por materializar su sueño. Precisamente porque en su día lo intentó, será capaz de vivir el resto de su vida sin reprocharse o preguntarse qué hubiera ocurrido de no haberlo intentado.

Alentar integralmente al niño

Ayudar a nuestros hijos a ser independientes no consiste sólo en motivar o reforzar su conducta. Además de ello, debemos considerar qué cualidades internas desarrollan también durante su proceso de aprendizaje. Cuando advertimos que nuestros hijos manifiestan una cualidad que admiramos —generosidad, amabilidad, sensibilidad, valentía, etc.— debemos demostrarles que lo hemos apreciado. Nuestros comentarios al respecto ayudarán a perfilar su propia imagen, la que mostrarán con orgullo en la escuela, la comunidad y, más adelante, en su lugar de trabajo. Si les brindamos todo nuestro apoyo y edificamos un ambiente propicio para el aprendizaje, les proporcionaremos la posibilidad de potenciar lo mejor de su ser.

Alentamos a nuestros hijos cuando les apoyamos a luchar por sus sueños, metas y proyectos. Aunque nuestras sugerencias y consejos puedan serles de gran ayuda durante el largo camino que han de recorrer, debemos respetar su autonomía e independencia, su derecho personal de tomar decisiones y elegir el rumbo de su vida. Nuestro papel, en tanto que padres, es estar siempre a su lado para compartir con ellos tanto los fracasos como los triunfos; para potenciar en todo momento su autoestima y confianza en sí mismos.

Tenemos que creer en los sueños de nuestros hijos, incluso en aquellos que nos resultan incomprensibles. Tenemos que tener fe en nuestros hijos, en especial cuando pierden la fe en sí mismos. Alentar sinceramente los sueños, habilidades y capacidades interiores de nuestros hijos les ayudará a convertirse en personas capaces de enfrentarse al mundo con absoluta confianza.

Si los niños viven con tolerancia, aprenden a ser pacientes

La paciencia requiere tolerancia. Ser tolerante es aceptar activamente, no soportar estoicamente, lo que nos ocurre. Si aceptamos que las cosas no pueden cambiar y decidimos positivizar cualquier circunstancia adversa en lugar de quejarnos o compadecernos, el resultado será sorprendente. En efecto, una actitud positiva no sólo nos ayuda a reaccionar ante cualquier situación insostenible, sino que incluso puede variar las consecuencias derivadas de ésta.

Pocos días antes de comenzar séptimo curso, Keisha se rompió la pierna. Mientras el resto de sus compañeros se reencontraban en la escuela tras las vacaciones estivales, Keisha permanecía tumbada en el sofá de casa con la pierna escayolada.

Ante semejante circunstancia, Keisha tenía dos opciones: sentirse sola y desgraciada, o bien aceptar su situación y reaccionar creativamente. Así pues, con la ayuda de su madre, decidió organizar una fiesta, a la que invitó a sus mejores amigas para decorar con dibujos y firmas la escayola, comer galletas, beber limonada y, por supuesto, cuchichear. Asumir positivamente una situación *a priori* negativa, brindó a Keisha la posibilidad de pasar una tarde inolvidable en compañía de sus amigas.

Cómo aprender a esperar

S aber esperar pacientemente no es fácil. Los adultos aprendemos a ser pacientes, o al menos a controlar o reprimir
nuestra impaciencia, porque sabemos que socialmente es inaceptable actuar de otro modo. Sin embargo, para los niños de
corta edad esperar resulta muy difícil. Inmersos en su mundo
particular y sin importarles todavía la opinión de los demás, los
niños, a diferencia de los adultos, acostumbran manifestar
abierta y espontáneamente su impaciencia. Si a la espontanei-
dad propia de su edad añadimos su todavía limitada comprensión de la percepción del tiempo, no es de extrañar que les resulte complicado ser conscientes del tiempo que tendrán que
esperar para conseguir algo. «¿Falta mucho? ¿Podemos ir ahora? ¿Hemos llegado ya?» Estas típicas preguntas infantiles no
sólo revelan la impaciencia que genera en los niños tener que
esperar, sino también la dificultad de conceptualizar el tiempo.

La vida cotidiana nos brinda un amplio abanico de oportunidades para enseñar a nuestros hijos a ser pacientes.

Cuando un niño exclama con impaciencia «¡Tengo ham-
bre!», mientras preparamos la comida podemos explicarle que
la pasta todavía no está cocida o que antes de freír y comer las
patatas tenemos que mondarlas. «¡Quiero un cubito de hielo!»,
pide otro niño. Si le mostramos la cubitera y explicamos que
para que el agua se solidifique hay que meterla en el congelador
durante dos o tres horas, además de ayudarle a comprender
por qué tiene que esperar le habremos dado una práctica lección de física. Cuando nuestros hijos expresen su impaciencia,
hemos de escucharles, mostrarles que comprendemos lo difícil
que les resulta esperar, explicarles que algunas cosas requieren
su tiempo pero, ante todo, hemos de ser pacientes durante su
proceso de aprendizaje.

Tener que hacer cola en una tienda o un largo viaje en coche son situaciones en las que los niños suelen impacientarse.

Sin embargo, debemos aprovecharlo para enseñarles que es preciso saber esperar y ayudarles a amenizar el tiempo de espera. En este sentido, hacer cola puede ser una buena oportunidad para charlar con ellos sobre la escuela u otra de sus actividades. En cuanto a los viajes largos, éstos pueden ser más placenteros si ideamos juegos que les entretengan durante el trayecto, como contar los camiones o los coches de color rojo que se cruzan en nuestro camino.

A los niños también les resulta difícil esperar la llegada de cualquier acontecimiento que anhelan: todos aguardan con impaciencia las vacaciones estivales que nunca parecen llegar. La expectativa que genera el acontecimiento puede, no obstante, servirnos para enseñarles a conceptualizar y medir el paso del tiempo en días, semanas y meses. Estudiar el calendario les ayudará a comprender cómo representar el tiempo gráficamente y a ser conscientes de la relatividad entre el tiempo vivido y el tiempo medido. A los niños de edad preescolar les encanta tener su propio calendario y marcar con adhesivos de colores los días especiales. A medida que se aproximan las fechas señaladas, una buena forma de conseguir que el acontecimiento esperado sea especial es proponerles actividades: decorar el árbol de Navidad, dibujar tarjetas de felicitación, etc...

Saber esperar con educación

Si cualquier interrupción e inconveniencias de la vida cotidiana nos alteran, nos resultará difícil enseñar a nuestros hijos a ser pacientes. En tanto que adultos, la mayoría de nosotros ha aprendido a tolerar ciertas situaciones adversas sin perder la compostura. Sin embargo, no siempre resulta fácil. Es importante saber afrontar estas situaciones diarias con educación para que nuestros hijos aprendan con nuestro ejemplo.

De camino a casa, Eric, de diez años y su padre se encuentran en medio de un atasco. Los automóviles apenas avanzan y, por supuesto, algunos conductores cambian de carril con la intención de avanzar un par de metros.

—¿Por qué no cambias de carril, papá? Los coches del segundo carril avanzan más aprisa —sugiere Eric.

—No sirve de mucho cambiar de carril —comenta el padre, que luego añade—: La mayoría de accidentes de tráfico se deben a esto. Avanzar un par de metros no es salir del atasco... En fin, será mejor armarnos de paciencia y esperar.

Con este comentario el padre le está enseñando a aceptar una situación engorrosa con tranquilidad. Le está enseñando algo más que a tranquilizarse, le está enseñando a aplicar un razonamiento lógico: de nada sirve impacientarse cuando nada puede cambiar la situación. Desde luego la actitud del padre del ejemplo es mucho más educativa que quejarse o increpar al resto de conductores.

Hay momentos en nuestra vida en que es muy difícil ser paciente: cuando esperamos el nacimiento de un hijo, mientras intervienen quirúrgicamente a un familiar o aguardamos con nerviosismo el resultado de la pruebas de selección para un empleo. Este tipo de acontecimientos que potencialmente suponen un cambio vital, intraquilizan a toda la familia, tanto a los padres como a los hijos. No obstante, en tanto que momentos propios de la vida cotidiana, nuestra forma de afrontarlos ayudará a nuestros hijos a saber reaccionar ante futuras situaciones de estrés.

Aprender a reaccionar con calma cuando la tensión nos rodea es el mejor ejemplo que podemos brindarles a nuestros hijos. Aunque estemos pasando una grave crisis, podemos aprovechar el momento para concentrarnos y recuperar la fortaleza interna necesaria en aras de superarla o aceptar lo que nos depare el futuro.

La relajación es una técnica muy útil que ayuda a sobrellevar con armonía cualquier tensión. Cierre los ojos y respire lenta y profundamente cuatro veces seguidas al tiempo que concentra su mente. Piense en la vitalidad, luego en el bienestar, después en la energía vital y, por último, en la paz y tranquilidad interiores. Este simple ejercicio puede obrar maravillas: además de restablecer nuestra fuerza interior cuando ésta decae, tranquiliza nuestra mente y nos proporciona el control consciente de la situación.

Cuando la tensión nos invade, otra técnica para aliviar la ansiedad es preguntarnos: «¿Qué puedo aportar a la situación? ¿Cómo puedo lograr que la espera sea más llevadera?» Esta reflexión nos ayudará a profundizar y concentrarnos en la situación, a mantener nuestra mente ocupada y, ante todo, a ayudar también a la gente que nos rodea. Una mujer, mientras esperaba el diagnóstico médico tras haberle sido practicada una biopsia, decidió limpiar todos los cristales de la casa para descargar su tensión.

—Estar activa mantuvo mi mente alejada de mis temores. Además, mi esfuerzo fue recompensado: los cristales estaban tan relucientes que la luz del sol parecía inundar mi casa.

A veces, si se lo permitimos, nuestros hijos pueden ayudarnos a superar los momentos difíciles. Una joven madre me comentó que su hija de cinco años la ayudó mucho a superar una situación difícil.

—Estaba muy preocupada porque el bebé sufría un alto acceso de fiebre. De pronto, Molly me abrazó y me dijo: «No te preocupes, mami, Johnny se pondrá bien.» Con aquellas simples palabras, mi hija me ayudó a reponerme y, ante todo, me recordaron que debía ser fuerte, tanto por ella como por el bebé.

La naturaleza nos enseña a ser pacientes

Una de las mejores formas de enseñar a los niños el paso del tiempo es cultivar plantas. Plantar, abonar y cuidar una pequeña planta, así como esperar que brote, brinda a los niños la posibilidad práctica de comprender y cobrar conciencia del paso del tiempo. Para los niños, ser testigos del nacimiento de un ser vivo, convierte ese acontecimiento en algo extraordinario, a la vez que les enseña que el crecimiento depende del tiempo y que no podemos apremiar a la naturaleza.

La clase de primer curso de Tommy ha plantado tomateras en la escuela. Cada semana el niño le explica a su madre cómo ha crecido la planta y a quién le toca regarla. Un día, al salir de la escuela, Tommy cuenta a su madre con entusiasmo:

—Hoy hemos tenido que ponerle tutores a la planta para que las ramas no se tuerzan.

Aunque la madre parece escuchar, está absorta en sus preocupaciones.

—¿Cuándo crees que brotarán los tomates? —pregunta.

Puesto que el interés de Tommy es contemplar cómo crece la planta, mira a su madre con perplejidad.

—Cuando tengan que salir —responde el niño.

La madre de Tommy advierte que, sumida en sus cavilaciones, se ha saltado la parte más importante de la lección. Tommy está excitado con el crecimiento gradual de la planta y porque cada día descubre pequeños cambios. Él sabe que los tomates brotarán a su debido tiempo. Sin embargo, el objetivo del experimento no son los tomates sino disfrutar del ciclo vital de la planta.

—Creo que es maravilloso que estés aprendiendo todo acerca de cómo crecen las plantas —comenta la madre—. ¿No es excitante ver cómo cambian de un día para otro?

Tommy la mira y sonríe, tranquilo y feliz al comprobar que su madre, después de todo, comprende el objeto del experimento.

Apreciar nuestras diferencias

A menudo utilizamos la palabra «tolerancia» cuando nos referimos a las diferencias raciales, religiosas o culturales. En el seno de la familia o del vecindario, nuestra tolerancia o intolerancia se manifiesta en la manera en que tratamos a las personas diferentes a nosotros: tanto por la forma de relacionarnos con ellos, cuanto por los comentarios que suscitan cuando no están presentes. Por sutiles que sean nuestras insinuaciones o comentarios al respecto, nuestros hijos perciben nuestra actitud y, aunque todavía no comprendan su implicación, mimetizarán nuestra conducta.

El nuevo profesor de quinto curso de Michael es de otra raza y la madre del niño parece tener más preguntas que hacer a su hijo que de costumbre.

—¿Qué opinas de tu nuevo profesor? ¿Qué libros os ha recomendado leer? ¿Muestra más simpatía hacia otros niños?

Ajeno al verdadero motivo de las preguntas, Michael trata de describir al nuevo profesor lo mejor que puede.

—Nos ha dejado decorar el tablón de anuncios a nuestro gusto —comenta—. Ah, y además juega con nosotros en el recreo.

Las respuestas de Tommy no parecen satisfacer a la madre.

—¿Crees que es un buen profesor? —insiste—. ¿Quieres que pida a la directora que te cambie de clase?

Michael está confundido. Al principio le gustaba su nuevo profesor, pero ahora ya no está tan seguro. Al día siguiente, el niño entra en clase con una actitud completamente distinta. Es posible que, tal como su madre le ha sugerido, el profesor no sienta predilección por él y sí por los niños de su raza. Tendrá que pensar acerca de ello.

Si le preguntáramos a la madre de Tommy si se considera una persona xenófoba, probablemente su respuesta será negativa. Sin embargo, el mensaje que está transmitiendo a su hijo es de intolerancia.

En el mundo en que viven y crecen nuestros hijos, los intercambios comerciales y las relaciones internacionales para preservar y compartir el entorno del planeta serán cada vez mayores. Nuestros hijos han de ser respetuosos con los demás, al margen de su raza, cultura, creencias y capacidades. Si educamos a nuestros hijos en la tolerancia y la aceptación, les enseñamos no sólo a respetar a los demás sino a valorar e incluso disfrutar las diferencias que caracterizan y hacen especiales a todos los seres humanos.

La armonía familiar

L a familia es el primer núcleo humano donde nuestros hijos comparten la experiencia de vivir y trabajar en equipo. Sin embargo, incluso dentro de la propia familia existen diferencias de criterio. Así pues, desarrollar el valor del respeto entre los integrantes del núcleo familiar y aprender a aceptar nuestras diferencias, requiere tiempo y paciencia. No obstante, si aceptamos nuestras diferencias y aprendemos a trabajar en equipo, disfrutaremos plenamente de la vida familiar.

El acopio de paciencia que se requiere para ser un buen padre es excepcional. Es natural que los niños reten constantemente a sus progenitores, que, a pesar de sus responsabilidades y obligaciones, jamás se rinden cuando de educar a sus hijos se trata. No en balde suele decirse que ser padre es la tarea más difícil de la vida, pero también la más gratificante. Cuando contemplamos a nuestros hijos y comprobamos que no hay nada más importante en nuestras vidas que amarles y ayudarles a crecer felices y seguros de sí mismos para que un día lleguen a ser personas maduras y responsables, la carga resulta más llevadera. Aunque haya momentos en que nos hagan perder la paciencia, momentos en que deberemos disculparnos ante ellos por apremiarles o exigirles demasiado, ellos sabrán perdonarnos. Quizá no tengan la paciencia necesaria para aprender a anudarse los cordones de los zapatos o para esperar su turno mientras hacen cola, pero la comprensión y tolerancia con que nos obsequian diariamente recompensa con creces cualquier sacrificio.

Nuestro mayor deseo es que nuestros hijos sean pacientes y sepan asumir y superar cualquier situación adversa en un futuro próximo. Si conseguimos la serenidad necesaria para ser pacientes con nuestros hijos durante su largo proceso de aprendizaje, consolidaremos un hogar donde las luchas diarias serán acogidas con tranquilidad y ecuanimidad; un hogar donde, al margen de nuestras diferencias, la tolerancia nos haga disfrutar de la vida familiar; un hogar que será el modelo a seguir por nuestros hijos cuando ellos mismos formen su propio hogar.

Si los niños viven con elogios, aprenden a apreciar a los demás

Elogiar es un modo de expresar amor. Las palabras de elogio que dirigimos a nuestros hijos les motivan y les hacen sentirse profundamente apreciados y valorados. Los elogios nutren el desarrollo gradual de su identidad y les ayudan a consolidar su autoestima.

Elogiar los esfuerzos de nuestros hijos, así como sus triunfos, es una de nuestras más importantes tareas como padres. Debemos elogiarles con generosidad; no hay mejor medicina que el elogio para reforzar el emergente sentido del *yo* de nuestros hijos. Cuando reconocemos y prestamos atención a sus valores inherentes, les estamos ayudando a construir un almacén de confianza del que se abastecerán cuando, en los momentos difíciles, no estemos a su lado para ayudarles. No es exagerar decir que los elogios y las muestras de aprecio que prodiguemos a nuestros hijos perdurarán para siempre en su memoria.

Cuando elogiamos a nuestros hijos, también les brindamos un modelo a seguir, un ejemplo para que aprendan a mostrar aprecio por los demás y el mundo que les rodea. Dicho modelo les ayudará a tener amistades sanas y a ser el tipo de persona positiva que disfruta de la vida y sabe relacionarse con los demás.

Merecer el elogio

Cuando los niños son elogiados comprenden el verdadero significado del aprecio, al tiempo que descubren el valor de la justicia y la dignidad, inherentes al ser humano.

Los niños no tienen que luchar, ni probarse a sí mismos, para merecer nuestros elogios. Uno de nuestros mayores retos es prestar atención a los sutiles matices del carácter único de nuestros hijos y elogiar aquellas cualidades que queremos potenciar durante su proceso de aprendizaje.

Se está celebrando una reunión familiar. Antes de comer, los preadolescentes de la familia deciden jugar al badminton. Los niños parecen pasarlo muy bien. De pronto, Ryan, de doce años, deja de jugar, se acerca a su hermana de cinco años, le presta su raqueta y le hace un gesto de que se asiente en sus hombros. Al principio, la niña está aterrorizada de jugar con los chicos mayores, y no sabe cómo orientar la raqueta para golpear el *birdie*. No obstante, al cabo de unos minutos también parece disfrutar del juego.

Cuando los niños se toman un descanso, Ryan entra en la casa para tomar un refresco.

—Eres un hermano muy considerado por dejar que tu hermana juegue con vosotros —dice la madre mientras el niño apura el vaso de un trago.

Ante ese comentario, Ryan se encoge de hombros. Aunque no pronuncia palabra alguna, cuando se reincorpora al juego, la madre advierte, desde la ventana de la cocina, una tímida sonrisa de satisfacción en los labios de su hijo. Ryan es consciente de que su madre aprecia lo que ha hecho por su hermana porque ha valorado y reconocido la deferencia que ha tenido para con la niña.

Incluso en situaciones límites, hay aspectos positivos de nuestros hijos susceptibles de elogiar. Al margen de los hechos, siempre debemos otorgarles el beneficio de la duda.

Fredrick y su hermano Joseph, de cinco y dos años respectivamente, están jugando en su habitación. De pronto la calma reinante es interrumpida por un aluvión de gritos y llantos. Segundos después, la madre irrumpe en la habitación y pregunta:

—¿Qué está ocurriendo aquí?

—Joey me ha arrebatado el camión —explica Freddy con lágrimas en los ojos y dirige su mirada al remolque de metal que sostiene en su mano.

La madre decide evitar preguntar quién estaba jugando primero con el camión y reorienta su «investigación».

—¿Por qué no quieres que Joey juegue con tu camión?

—Porque es muy pequeño —responde Freddy enfáticamente, y luego balbucea—: Podría lastimarse...

La madre advierte que Freddy está en lo cierto. El remolque es de metal y realmente está diseñado para un niño mayor.

—Me parece muy bien que te preocupes por la seguridad de tu hermano —comenta y a continuación sugiere—: ¿Tienes algún juguete con el que tu hermano pueda jugar sin correr ningún peligro?

Freddy echa un vistazo a la habitación y centra su mirada en un gran camión de madera. Sin pensarlo dos veces, entrega el remolque de metal a su madre, quien lo retira de la vista del pequeño.

—Creo que éste le gustará —dice al tiempo que le da el camión a su hermanito.

Puesto que Joey parece encantado con el nuevo juguete, Freddy esboza una sonrisa de satisfacción por el papel de hermano protector que su madre acaba de asignarle.

Si bien es posible que la preocupación de Freddy por la seguridad de su hermano no haya sido más que una estratagema del niño para evitar que su madre se enojara con él, lo cierto es que la experiencia ha sido positiva. Freddy ha conseguido que su madre admita su responsabilidad como hermano mayor y valore su habilidad para resolver con éxito una situación tensa.

Al otorgar a su hijo el beneficio de la duda, la madre le ha demostrado que, a pesar de todo, confia en él. Al depositar y manifestar a nuestros hijos que confiamos plenamente en ellos, les ayudamos a consolidar su autoestima.

Educar en valores a través del elogio

Al elogiar a nuestros hijos más por unas cosas que por otras, les manifestamos, qué valoramos y a qué damos más importancia. Muy a nuestro pesar, en la sociedad de consumo en que vivimos, el mensaje que reciben nuestros hijos es que el valor personal está determinado por las posesiones materiales. En este sentido, es de vital importancia plantear vías alternativas para equilibrar los valores consumistas, a los que nuestros hijos están constantemente expuestos, con los nuestros, menos materialistas y más altruistas. Una buena forma de hacerlo, es manifestarles que les queremos tal como son.

Una forma positiva para contrarrestar los mensajes subliminales publicitarios o culturales a los que nuestros hijos están diariamente expuestos es ayudándoles a advertir que han sido diseñados para crearnos necesidades secundarias y superfluas y a ser conscientes de que la felicidad, la amistad y el amor no dependen en absoluto de los bienes materiales. Potenciar en los niños un espíritu crítico y un escepticismo moderado para discernir la diferencia entre nuestros deseos y nuestras necesidades, les hará ser consumidores responsables pero, ante todo, personas más felices y equilibradas.

Cuando demostramos a nuestros hijos que les apreciamos por lo que son, les estamos enseñando cómo saber juzgar sabiamente a los demás.

Hace sólo un par de semanas que un nuevo niño se ha incorporado a la clase de quinto grado de Jake. Timothy ha vivido con su familia en el extranjero, habla varios idiomas y posee una buena complexión atlética. Los chicos están impresionados por las proezas de su nuevo compañero, pero sobre todo porque corre el rumor de que vive en una mansión, tiene los últimos videojuegos, una pantalla gigante de televisión y una mesa de billar.

De camino a casa, después de haber asistido a la fiesta de cumpleaños de Timothy, Jake parece contrariado, pues ha descubierto que su nuevo compañero es muy dominante y tiene mal carácter.

—¿Qué tal la fiesta de esta tarde? —pregunta el padre durante el trayecto—. ¿Os habéis divertido?

Tras describir la casa de su compañero y explicar a su padre la cantidad de juegos que tiene el niño, Jake le comenta que Timothy había obligado a todos a jugar a lo que él quería y que había hecho trampas para ganar.

En silencio y sin hacer ningún comentario al respecto, el padre escucha a Jake mientras conduce.

—¿Qué opinas acerca del comportamiento de Timothy?

—No me gustó lo que hizo.

—Comprendo —asiente el padre, y luego pregunta—: ¿A qué te refieres exactamente?

—A que es posible que tenga una casa llega de juegos y demás cosas, pero no me gusta jugar con él —responde Jake.

—Me enorgullezco de ti, Jake. Me alegra comprobar que valoras a las personas por lo que son, no por lo que tienen.

Con estas palabras, el padre está apoyando la decisión del niño de escoger responsablemente a sus amigos. Una conversación a tiempo sirve para ayudar a nuestros hijos a reafirmar los valores positivos que están desarrollando y para transmitirles los nuestros, así como para mostrarles que dichos valores forman parte de la vida cotidiana.

La sinceridad

E logiar a nuestros hijos es importante, pero todavía lo es más hacerlo con sinceridad. Las reacciones típicas de los padres que presencian desde la banda el desarrollo del partido en que participan sus hijos, dicen mucho acerca de las cualidades que valoran en éstos. Algunos ni siquiera valoran lo bien que esté jugando su hijo, lo único que les interesa es ganar.

El equipo de Robby, de nueve años, tiene que disputar un partido de béisbol en campo contrario el fin de semana. El niño no tiene una fuerte complexión atlética, pero disfruta jugando con sus amigos en equipo y se esfuerza por hacerlo bien. Cuando por fin llega el domingo, Robby está ansioso por saltar al campo. Sin embargo, mientras se disputa el partido, comete varios errores seguidos y se desanima. Obsesionada por el triunfo del equipo de su hijo, la madre de Robby no deja de gritar desde la grada. Su enstusiasmo es exageradamente desmesurado, cuando, al batear, Robby lanza la bola fuera del campo. Cuanto más grita su madre, más nervioso se muestra Robby, a quien ese domingo todo parece salirle al revés.

El partido finaliza con la derrota del equipo de Robby.

—No importa —comenta la madre—, al menos lo has intentado.

Aunque la madre trata de restar importancia al resultado, Robby reconoce su disgusto en su tono de voz y comprende que no está siendo sincera con él.

Es inevitable que nos disgustemos por la actuación de nuestros hijos, pero reprimir u ocultar nuestros sentimientos es contraproducente. Lo importante en estos casos es valorar su esfuerzo, no el fracaso en cuestión. Cuando los niños son conscientes de sus errores, necesitan mucho más nuestro apoyo y comprensión. Lo que Robby anhela después de haber perdido el partido es que su madre le abrace para comprender que, a pesar del resultado, está de su parte. Nuestros hijos no son deportistas profesionales. A estas edades la práctica de cualquier deporte de equipo es una diversión que les ayuda a potenciar las relaciones interpersonales y a aunar esfuerzos. Después de todo, son sus fracasos, sus triunfos y sus expectativas, que no las nuestras, las que determinarán sus vidas futuras.

La mejor manera de servir de ejemplo a nuestros hijos es intentando que nuestros sentimientos sean, en la medida de lo posible, acordes con nuestra conducta. Aunque a veces no nos resulte fácil, debemos esforzarnos por conseguirlo. Sólo así potenciaremos en ellos la sinceridad y el valor de la honestidad. No obstante, también debemos enseñarles a comprender que, en ocasiones, no es conveniente ser totalmente sinceros ya que podemos herir los sentimientos de los demás. En este sentido, nuestra misión es explicarles que la buena educación no es sólo cumplir con los convencionalismos establecidos, sino también ser amables y considerados con los demás. Así pues, debemos proporcionarles un modelo de conducta que equilibre amabilidad y franqueza, honestidad y diplomacia, y mostrarles, con nuestro ejemplo, cómo comportarse en sociedad.

Enseñar a los niños a apreciarse

Existe una considerable diferencia entre apreciar a los demás y el aprecio que uno siente por sí mismo. A medida que nuestros hijos van conformando su propia identidad, nuestro deseo es que sean emocionalmente maduros y sepan apoyar a los demás. Si son capaces de apreciarse y valorarse, lograrán el equilibrio emocional requerido para enfrentarse a las visicitudes que la vida les depare. Por supuesto, este equilibrio sólo es posible si se educa y potencia durante la infancia.

Una madre espera a la salida de la escuela a su hija de cuatro años, y aprovecha la ocasión para saludar y conversar unos minutos con el profesor de la niña.

—¡Mira, mamá! —exclama la niña mostrándole un collage.

—Estoy orgullosa de ti, cariño —comenta la madre—. Es toda una obra de arte.

—¿Estás orgullosa de haberlo hecho tú sola? —interviene el profesor.

La niña asiente con la cabeza y esboza una sonrisa. Tanto su madre como su profesor la han felicitado por su trabajo, lo que permite a la niña sentirse orgullosa de sí misma.

Los límites del elogio

El elogio no es un sustituto del amor ni de las atenciones que debemos prestar a nuestros hijos. Cuando ellos buscan nuestra aprobación constante, es posible que además de nuestros elogios necesiten sentir que les queremos y apoyamos.

Joshua, de cuatro años, está dibujando en la mesa de la cocina mientras su madre toma una taza de café.

—¡Mira lo que he hecho, mamá! —exclama el niño mostrándole el dibujo.

—Es muy bonito, cielo —dice la madre, y pregunta—: ¿Qué vas a dibujar ahora?

Ignorando la pregunta, él guarda los lápices de colores, se acerca y balbucea:

—¿Puedo sentarme en tu regazo?

La madre retira la taza de café y le hace un gesto de que se siente en sus rodillas. Es consciente de que su hijo, más que elogios por su dibujo, necesita sentir su afecto y ternura.

Hay niños que necesitan más atenciones que otros. Mientras que algunos quieren que les abracen constantemente, a otros les basta la presencia de sus padres. Para los niños que requieren continuas atenciones, los elogios no son suficientes. Necesitan que sus padres les presten atención y exterioricen su amor para sentirse queridos.

Cuando hay cambios en la vida familiar, a causa de un divorcio, la enfermedad o muerte de uno de los cónyuges, el traslado a otra localidad o la pérdida del trabajo de uno de los progenitores, la mayoría de los niños necesita muchas más atenciones y cuidados. Durante estos momentos difíciles, es de vital importancia pasar más tiempo que de costumbre con nuestros hijos y conversar con ellos acerca de la situación. Al ayudarles a compartir sus sentimientos y preocupaciones con nosotros, les damos la oportunidad de pasar más tiempo a nuestro lado y de reafirmar nuestro amor.

Saber apreciar es todo un arte

Como padres deseamos que nuestros hijos valoren nuestros elogios y aprendan a elogiar y valorar a los demás. Cuando los niños crecen en una atmósfera en la que se premia y elogian sus esfuerzos y triunfos, aprenden a sentir gratitud por ellos.

Cuando apreciamos y elogiamos a nuestros hijos, les enseñamos a apreciar y valorar el mundo que nos rodea. Tener tiempo para reflexionar sobre las cosas buenas de la vida cotidiana hará de ellos niños felices, futuros adultos que recordarán su infancia con alegría.

Si los niños viven con aceptación, aprenden a amar

La palabra «amor» describe la más vital y dinámica experiencia humana. El amor es mucho más que un sentimiento. No hay nada mejor y más importante en la vida que amar y ser amado.

Cuando amamos a nuestros hijos de todo corazón y les aceptamos incondicionalmente, nutrimos su desarrollo. El amor es la tierra en la que crecen nuestros hijos, la luz que les orienta, el agua que nutre su crecimiento.

Los niños necesitan amor desde el mismo instante en que nacen e incluso antes. Los recién nacidos son totalmente dependientes de nuestro calor, afecto y amor. Nuestro cuidado activo nutre sus sentimientos de ser deseados y de pertenecer a una familia. A medida que los niños maduran, continúan apoyándose en nosotros para que les manifestemos nuestro amor incondicional. Nuestros hijos perciben y son conscientes de este amor a través de nuestros gestos y apoyo, aceptación y reconocimiento.

Para nuestros hijos es esencial sentirse amados porque el amor es una necesidad connatural y siempre indispensable para el hombre. Durante la infancia, la madurez y la vejez seguimos necesitando amar y ser amados, sentir la proximidad, el aprecio, la aceptación y el afecto de nuestros familiares y amigos.

Nuestros hijos saben que les amamos cuando nos dirigimos a ellos con amabilidad y comprensión, cuando acompañamos nuestras palabras de afecto con gestos, caricias y roces. Con decir «te quiero» no basta. En los talleres de vida familiar que imparto, suelo hablar de las tres *a* del amor: aceptación, afecto y aprecio. Nuestros hijos necesitan sentirse seguros de que siempre serán aceptados y amados a pesar de sus limitaciones. Sólo así podrán actualizar su capacidad innata de amar.

Amar es aceptar incondicionalmente a los demás

Por su etimología, «aceptación» significa «recibir». Cuando aceptamos a alguien, recibimos voluntariamente lo que éste nos ofrece. Amar a nuestros hijos es aceptarles tal como son y expresarles nuestro amor con afecto, sonrisas, abrazos y demás muestras de cariño durante su infancia, pero también en su adultez.

Cuando aceptamos a nuestros hijos incondicionalmente dejamos al margen cualquier intento por cambiar su yo interior y les amamos por ser quienes son. Esta aceptación supone no proyectar en ellos nuestros deseos y permitir que sean ellos quienes hagan realidad los suyos propios. La madre cuya hija prefiere leer en lugar de ser bailarina y el padre cuyo hijo decide estudiar farmacia en lugar de convertirse en una estrella del baloncesto se enfrentan a un dilema: ¿qué es más importante, abandonar la posibilidad de materializar nuestros sueños a través de nuestros hijos o proporcionarles el apoyo emocional y la aceptación necesarias para que sean ellos quienes actualicen los suyos? La respuesta es obvia: si permitimos que nuestros hijos amplíen sus horizontes, también ampliaremos los nuestros.

En este sentido, nuestros hijos han de ser conscientes de que adecuar sus metas no es un requisito indispensable para ser amados. Se debe amar libremente y nunca para recompensar cierto comportamiento. Así pues, jamás debemos amenazar a nuestros hijos con retirarles nuestro amor: «Si no haces tal cosa no te querré», o imponerles condiciones para amarles: «Si haces tal cosa te querré más.» A algunos padres les peocupa que al aceptarles incondicionalmente, sus hijos reaccionen pasivamente y no se esfuercen por mejorar. En este sentido, están en lo cierto: los niños tienen que luchar por conseguir sus objetivos y, en consecuencia, a pesar de nuestro amor incondicional, a veces es necesaria cierta autoridad moderada que les guíe y oriente.

No obstante, aceptar a nuestros hijos incondicionalmente no significa tolerar comportamientos incorrectos o irresponsables. Establecer y mantener reglas y límites o no aceptar ciertas conductas, no significa que no amemos a nuestros hijos.

Jason, de seis años ha dejado su bicicleta en medio del camino que conduce al garaje. Su padre le ha dicho repetidas veces que la deje en el porche y también le ha explicado que, de no hacerlo, un día la arrollará accidentalmente. Sin embargo, Jason siempre olvida la advertencia de su padre. Una noche, mientras el padre recorre los cinco metros que conducen hasta el garaje, se escucha un estruendo. Tal y como había predicho, acaba de arrollar la bicicleta de Jason.

Mientras se encamina hacia la puerta principal, el padre parece muy enojado. Sin embargo, antes de entrar en la casa, respira profundamente durante unos segundos en un intento por controlar su nerviosismo. Ajeno al incidente, Jason corre hacia la puerta para saludar y abrazar a su padre.

—Quiero mostrarte algo —dice éste con seriedad, y acompaña a Jason hasta la ventana, desde donde el niño puede ver los restos de su bicicleta.

—¡Oh, no! —exclama Jason entre sollozos al darse cuenta de lo ocurrido. Acongojado, el niño abraza a su padre y apoya su cabeza en su hombro.

—Dejaste la bicicleta en medio del camino —dice el padre, y Jason asiente con la cabeza—. Te lo advertí, Jason, ¿recuerdas? ¿Qué vamos a hacer ahora? —El niño se encoge de hombros—. Salgamos a echar un vistazo... a lo mejor tiene solución y puedo repararla.

A pesar de no haber obedecido a su padre, el mensaje que el niño recibe es: «Aunque no siempre me gusta lo que haces, sigo queriéndote y por eso te ayudo y apoyo.»

Mostrarles nuestra preocupación

Además de necesitar que les digamos que les queremos, los niños necesitan que corroboremos (con abrazos, besos y mimos) que nuestras palabras son sinceras. Los niños necesitan sentir el contacto físico de sus padres. Ésta es una necesidad primaria y vital para el recién nacido. De hecho, estudios recientes confirman que el contacto físico, si es afectuoso, tiene un poder sanador.

Nuestros hijos tienen derecho a sentir el calor y la ternura de nuestro amor físicamente. Correr a protegerse entre los brazos de su padre o madre porque se ha lastimado la rodilla, o porque alguien ha herido sus sentimientos, es un síntoma inequívoco de que el niño precisa de nuestro contacto físico. A veces, un caluroso abrazo o una leve palmada en el hombro sirven para restablecer la autoestima del niño.

Demostrar el afecto que sentimos por nuestros hijos es importante, pero puede ser perjudicial si nos preocupamos en exceso. Una madre que participó en uno de mis talleres, me comentó: «Me sentía culpable porque creía que no amaba a mi hijo lo suficiente. Pero a decir verdad, mi problema es no saber exteriorizar mi amor por ellos.»

Algunos padres necesitan ayuda para aprender a proporcionar a sus hijos el afecto que precisan. Otra madre describió que la atmósfera de su hogar paterno era bastante fría. Aunque sus padres la amaban, jamás le manifestaron su amor. Cuando se convirtió en madre, mimetizó el mismo modelo distante y reservado de sus padres con su propia hija. Sabía que amaba a su hija, pero le costaba mucho exteriorizar sus sentimientos.

Puesto que esta madre era sensible a las necesidades de su hija, decidió romper el círculo y aprender a expresar el amor que sentía por ella. Así pues, hizo un esfuerzo consciente de tomar a su hija entre sus brazos con más frecuencia, de apoyar la mano sobre su hombro cuando aquella leía y de abrazarla cada vez que la ayudaba a subir o bajar del columpio. Cuando, después de un par de semanas, acudió de nuevo a la reunión del taller de padres me comentó: «Al principio lo hacía por la niña, pero he descubierto que también es importante para mí.»

Exteriorizar y manifestar nuestro afecto es vital para los niños. Al pronunciar «te quiero» debemos reforzar físicamente nuestras palabras, pues nuestras muestras de cariño les brinda la posibilidad de experimentar con plenitud nuestro amor.

El amor ejemplar

El modo de manifestar el amor y el afecto que se profesan los padres es el mejor modelo a través del cual enseñar a sus hijos a vivir la aceptación y el amor en la vida familiar. Los niños no dejan de observarnos y aprenden de nosotros qué significa ser un matrimonio. De hecho, la relación que mantenemos con nuestros cónyuges puede ser, para bien o para mal, uno de los factores más influyentes en su futura relación de pareja y perfilará también a la persona ideal por la que se sentirán atraídos y con la que formarán su propia familia.

Así pues, aunque no haya una receta magistral para conseguir un matrimonio feliz, debemos hacer lo que esté en nuestra mano para proporcionar a nuestros hijos un ejemplo práctico de lo que es el amor. Una relación sana y madura de pareja implica saber dar y recibir; implica aceptar la fuerza y la debilidad del otro, así como la capacidad de mostrar ternura, empatía y compasión. Nuestros hijos nos observan continuamente y son conscientes del respeto que profesamos a nuestra pareja. Cuando nos respetamos mutuamente y nos tratamos con afecto y comprensión —compartiendo intereses y valores al tiempo que aceptando nuestras diferencias—, les enseñamos a consolidar y conservar un matrimonio feliz.

Apuntalar los cimientos

Los niños que se sienten aceptados y amados tienen la fuerza interior que necesitan para alcanzar sus objetivos y entregarse a los demás. Los niños que crecen rodeados de calor y cariño y cuentan con la aceptación y el amor que necesitan, aprenden a amarse a sí mismos. Si nuestro hijos crecen siendo conscientes de que son amados, serán capaces de dar el mismo amor que reciben y mantener relaciones sólidas y duraderas basadas en dicho amor.

Si los niños viven con aprobación, aprenden a valorarse

Las actitudes de los padres modelan la personalidad de sus hijos. La forma de aprobar o desaprobar el comportamiento de nuestros hijos y las actitudes que decidimos valorar, les enseña mucho acerca de nuestros propios valores y qué rasgos de su carácter y personalidad han de potenciar y consolidar.

Si estamos demasiado ocupados para prestarles atención o si damos por sentado que todo cuanto hacen es correcto, perdemos la oportunidad de potenciar las cualidades y conductas que nos gustaría que desarrollaran. Son las pequeñas cosas que nuestros hijos hacen las que conforman la clase de persona que serán en el futuro. Y son esas pequeñas cosas precisamente las que debemos elogiar y reforzar.

Papá entra en casa después de haber trabajado en el jardín toda la tarde y su hijo Stephen, de siete años, le espera en la puerta.

—Shhhh... —susurra el niño llevándose el dedo a la boca—. Mamá está haciendo la siesta.

—Gracias por ser tan considerado —responde el padre abrazándolo.

Para hacer que estos momentos sean inolvidables, no se requiere demasiado tiempo y esfuerzo. De hecho, una simple frase o un gesto de aprobación bastan para conseguirlo.

Una madre está trabajando en su despacho cuando advierte

que en la casa reina un silencio inusual. Tras levantarse, se dirige a la habitación de Rebeca y encuentra a su hija de cinco años de edad acunando a su muñeca.

Rebeca mira a su madre y sonríe. Desde la puerta, mamá le envía un beso y levanta su pulgar en gesto de aprobación. Mientras regresa a su despacho, la madre piensa en lo contenta que está de que Rebeca sea tan cariñosa con su muñeca. También le gusta el hecho de que Rebeca esté aprendiendo a ser independiente.

Hemos de hacer todo lo posible por disfrutar de estos maravillosos instantes de la infancia de nuestros hijos, pero con las prisas y el estrés diarios no siempre resulta fácil valorarlos como es debido.

Potenciar la autoestima

Aprobar las acciones o actitudes de nuestros hijos es una forma de reforzar su emergente identidad, de ayudarles a construir una imagen positiva de ellos mismos, de potenciar su autoestima. Cuanta más atención les prestemos, más reforzaremos esas cualidades que deseamos que desarrollen.

—Has sido muy amable con la abuela esta tarde. Me ha gustado mucho ver cómo la ayudabas a levantarse del sofá.

—¿De verdad, papá? —pregunta Brad, sorprendido por el comentario de su padre.

El pequeño Brad, de ocho años, desconocía que su padre hubiera reparado en algo que incluso él mismo había llevado a cabo distraídamente. Al hacer hincapié en la amable conducta de su hijo hacia su abuela, el padre está comunicándole que ser amable y considerado con los demás son dos valores importantes para él. Sin duda ésta es la mejor forma de enseñar a nuestros hijos los valores familiares y su transmisión generacional.

A veces, al reforzar las pequeñas cosas que hacen nuestros

hijos, les enseñamos también a apreciar esas cualidades innatas que desconocen poseer. Amanda, de siete años de edad, ha aprendido a tejer pulseras con hilo de bordar. Puesto que todas sus amigas admiran la suya, Amanda ha decidido pasar la tarde tejiendo pulseras para sus amigas.

La madre de Amanda podría aprobar el proyecto de su hija haciendo hincapié en varios aspectos. Si le comenta: «¡Qué pulseras tan bonitas! ¡Qué bien has combinado los colores!», potenciará su habilidad artística. Si le dice: «Si hicieras unas cuantas más, incluso podrías venderlas en la feria de artesanía», potenciará en la niña el aspecto comercial. Sin embargo, la madre decide centrar su atención en el gesto de generosidad de Amanda: «Está muy bien que hagas pulseras para tus amigas.» Con este comentario, la madre no sólo muestra su aprobación por el nuevo pasatiempo de Amanda, sino que además valora su generosidad, es decir, la está ayudando a reconocer y valorar dicha cualidad.

Puesto que cada familia vive según distintos valores, es normal que éstos sean reforzados o aprobados de formas muy distintas. No obstante, de nuestra destreza para potenciar en nuestros hijos dichos valores dependerá la consolidación de su propia identidad y, por supuesto, su emergente sentido de la moralidad.

Aprender a vivir con armonía

Cada hogar funciona en virtud de un conjunto de acuerdos explícitos o tácitos que aseguran la armonía de la vida familiar cotidiana. Desde el protocolo propio de las comidas o cenas hasta el nivel de higiene y limpieza requeridas en la casa o el ritual previo a la hora de acostarse, padres e hijos comparten innumerables normas tácitas que facilitan la convivencia familiar. Este tipo de acuerdos armonizan y cohesionan la vida familiar y ayudan, tanto a los niños como a los padres, a respetarse mutuamente.

Algunas normas familiares no son negociables, como las requeridas por la seguridad —llevar cinturón de seguridad en el coche, coderas y rodilleras si los niños practican el patinaje o llevar gorro y guantes si hace frío—. Otras, como las normas genéricas propias de las tareas domésticas, son más flexibles: colocar los platos en el lavavajillas después de las comidas, recoger los juguetes antes de salir de casa o no tener encendida la televisión mientras se hacen los deberes. Cuanto más integremos a los niños en la creación y negociación de estas reglas, más posibilidad habrá de que cooperen en las tareas domésticas y más fácil les resultará aceptar nuestra desaprobación si las incumplen.

Tener reglas familiares establecidas proporciona a los niños un sentido de seguridad previsible, al tiempo que les hace comprender con más facilidad qué esperamos de ellos. Incluso cuando los padres están divorciados y los niños tienen que cumplir distintos tipos de reglas familiares, contar con estas pautas les hace la vida mucho más llevadera. Resulta sorprendente lo bien que los niños comprenden la complicada dinámica que implica negociar dichas reglas y el modo cómo aprenden a traducirlas a su propio lenguaje. Cuando Billy le dice a un amigo «Se lo preguntaré a mi madre. Si me dice "Ya veremos", podemos seguir adelante. Si me dice "Se lo preguntaremos a papá", no hay nada que hacer», muestra cuánto comprende la dinámica implícita de las reglas familiares.

Los niños solicitan nuestra aprobación en docenas de actividades diarias. Algunas veces nos piden permiso pero son conscientes de antemano de que aceptaremos. Cuando Artie grita desde el umbral de la puerta: «Mamá, me voy a casa de los vecinos a ver el nuevo cachorro, ¿de acuerdo?», aunque la madre no le conteste, sabe que su hijo está cumpliendo la regla de que, aunque vaya a casa del vecino, debe comunicar siempre adónde va.

No obstante hay peticiones que son más serias y requieren reflexión y negociación. Una amiga de Marianne, de once años, acaba de invitarla al cine esa misma tarde. Es sábado y la niña no ha ordenado su habitación durante toda la semana. La regla familiar es no salir el fin de semana mientras la habitación no esté limpia y ordenada, pero Marianne no tiene tiempo de hacerlo en sólo una hora y quiere ir al cine.

Así que tras pedirle a su madre permiso, ésta decide hablar con su hija para llegar a un acuerdo. La madre conviene que Marianne puede ir al cine pero con la condición de que antes de irse empiece a ordenar su habitación y le prometa que, en cuanto regrese, terminará de cumplir su obligación. Marianne ha conseguido el permiso, pero la situación la ha ayudado a comprender que hay algunas tareas que es mejor ir haciendo durante la semana en lugar de dejarlas para el último momento.

Si los niños aprenden a negociar y a cumplir con sus obligaciones durante la infancia, las situaciones más complejas de la adolescencia serán menos difíciles. Cuando nuestro hijo adolescente exclama antes de salir de casa: «Después de clase saldré con unos amigos; llegaré tarde.», debemos averiguar con qué amigos sale, adónde irán, qué medio de transporte utilizarán y que significa «llegar tarde», sin someterle al tercer grado.

A ser posible, siempre es mejor aprobar la iniciativa que su hijo plantea ante una situación determinada y reforzar su actitud. «Me alegra que me lo cuentes» es un comentario positivo que ayuda al adolescente a sentirse mucho más seguro de sí mismo y que connota que, en la relación con su hijo, el padre tiene en cuenta la necesidad de independencia de aquél, pero que también se preocupa por él. Esta sincera interacción favorece asímismo que nuestro hijo sea sincero con nosotros y nos comunique sus planes. Nuestro hijo sabe qué esperamos de él y, salvo que nuestra relación sea hostil, obrará en consecuencia para complacernos, incluso en los difíciles años de su adolescencia.

Aprender a vivir y cumplir las reglas de la familia prepara a los niños para integrarse con éxito en las comunidades a que pertenecerá a lo largo de su vida: la escuela, el instituto, el trabajo, etc. En definitiva, les prepara para ocupar su puesto en la sociedad. A través de su experiencia familiar, los hijos aprenden a considerar las leyes que rigen la sociedad como acuerdos básicos entre los individuos para procurarse seguridad, protección y para que en el mundo reine la paz y la armonía.

Sus propios valores

Cuando aprobamos o desaprobamos la actitud o la conducta de nuestros hijos estamos estableciendo un juicio de valor entre lo que consideramos correcto o incorrecto, bueno o malo, mejor o peor para ellos. La convivencia diaria favorece que prevean nuestras decisiones aunque no manifestemos de forma explícita nuestros sentimientos. No obstante, esto no significa que sus valores tengan que ser idénticos a los nuestros. Mientras nuestros hijos maduran, van desarrollando sus propios valores. Si los educamos para ser personas responsables que toman sus decisiones conscientemente, por difícil que nos resulte aceptar que no sigan nuestros pasos, hemos de alegrarnos por ello.

Particularmente durante la adolescencia, la presión de sus iguales puede ser una influencia mucho mayor que la de sus padres. Es imposible estar a todas horas con nuestros hijos para protegerles e indicarles qué deben y qué no deben hacer. Por esta razón es muy importante que, durante su infancia, les transmitamos mensajes claros acerca de cómo tomar sus propias decisiones para que, en el futuro, sepan hacerlo con responsabilidad.

En este sentido, la mejor lección es nuestro propio comportamiento. Si les inculcamos que mentir es incorrecto, pero llamamos a la oficina pretendiendo estar enfermos para, en lugar de ir a trabajar, quedarnos en casa para ver un partido de béisbol por televisión, ¿qué pensarán de nosotros? Si lo que deseamos es que nuestros hijos sean éticamente correctos, debemos predicar con el ejemplo, aunque a veces no sea fácil.

Como padres, deseamos que nuestros hijos desarrollen positivamente su autoestima, independientemente de la aprobación o desaprobación de los demás; que sean capaces de evaluar sus propios actos y tengan la suficiente fuerza interior para actuar en consecuencia.

Bruce, de doce años de edad, suele comprar en la charcutería del barrio, a veces por encargo de su madre, otras para comprarse una botella de soda o la merienda. Bruce sabe que hay niños de su clase que roban en la tienda, especialmente cuando el dependiente está ocupado o está leyendo el periódico.

Un día, al entrar en la tienda, Bruce desea vehementemente una bolsa de patatas fritas, pero sólo tiene dinero para comprar la leche y los huevos que su madre le ha encargado. Sabe que le resultaría muy fácil robar la bolsa porque el dependiente está distraído leyendo una revista. No obstante, Bruce decide no aprovecharse de la coyuntura. Aunque sabe que si robara en la tienda, sus padres desaprobarían su conducta, podría hacerlo sin que se enteraran. Quizá el saber que sus padres no aprueban dicha actitud frena a Bruce, sin embargo la razón no es ésta. A sus doce años de edad, el chico ha interiorizado la regla moral de que robar no es correcto. Así, a pesar de la tentación, decide no hacerlo para sentirse en paz consigo mismo y no dañar su autoestima.

A veces no reforzamos lo suficiente ciertos comportamientos positivos y éstos no trascienden. Sin embargo, debemos en todo momento fomentar el desarrollo de la autoestima de nuestros hijos para que se acepten tal como son y para que obren siempre correctamente al margen de las tentaciones, presiones o retos que se les presenten.

Enseñar a nuestros hijos a aceptarse

Cuando se nos pregunta cuál es nuestro mayor deseo, solemos responder: «La felicidad de mis hijos.» Aunque aceptarnos tal como somos no nos proporciona automáticamente la felicidad, saber aceptarse es indispensable para ser feliz. Los niños que saben aceptarse acostumbran ser menos egoístas y a tener más confianza en sí mismos, consolidar relaciones más profundas y estables con sus semejantes y ser personas adultas responsables que sabrán enseñar a sus hijos a aceptarse y valorarse.

Laurel, de cinco años, está jugando a los disfraces con su abuela. Cada vez que sale de su imaginario vestidor (en realidad, el armario de los juguetes), la abuela aplaude y le hace preguntas acerca del personaje que representa.

—¿Adónde irás vestida con este traje tan bonito? —pregunta la anciana.

Con la dignidad propia de una princesa, la niña se acerca a su abuela caminando torpemente con los zapatos de tacón y exclama:

—¡Al baile!

—Y cuando llegues al baile, el príncipe se enamorará de ti.

Laurel mira a su abuela y frunce el entrecejo.

—Es posible... —responde con fingida indolencia, y a continuación se echa a reír, contagiando la risa a su abuela.

Al parecer, a Laurel no le importa obtener o no la aprobación del príncipe porque es feliz consigo misma.

Los acuerdos a los que llegamos con nuestros hijos confirman nuestra preocupación e interés por ellos y les ayudan a distinguir entre lo bueno y malo, entre lo correcto y lo incorrecto. Cuando nuestras expectativas son realistas, cuando nuestra autoridad es sólida pero flexible, cuando consolidamos en común las normas familiares y tenemos en cuenta sus sugerencias, estamos ayudando a nuestros hijos a ser conscientes de que les apreciamos y valoramos. En semejante entorno de apoyo y comprensión, serán libres para reafirmar su identidad y para convertirse en personas nobles y dignas.

Si los niños viven con reconocimiento, aprenden que es bueno tener una meta

Ha escrito alguna vez una nota para recordar algo y la ha dejado junto al despertador, el espejo del baño o la puerta de su casa para descubrir que, a fuerza de percibirla diariamente, pasa desapercibida? Dejar de prestar atención a lo cotidiano debe de ser también la razón por la que a veces hacemos caso omiso a las advertencias, señales y demás estímulos que acostumbramos percibir inconscientemente.

De una forma similar, a veces no prestamos la debida atención a nuestros hijos. Atrapados en la red de obligaciones diarias, nos olvidamos de ellos. Les acompañamos a la escuela, les preparamos la cena, supervisamos sus actividades pero les fallamos cuando no tenemos tiempo de jugar o hablar con ellos.

La palabra «reconocimiento» significa «volver a conocer» o «ver de nuevo». Los niños crecen y cambian con mucha rapidez. Aunque transcurran años, parece que sólo han pasado días desde que nuestro hijo nació, dio sus primeros pasos y se convirtió en un adolescente. Nuestros hijos crecen ante nuestras propias narices y a veces estamos tan ocupados que nos perdemos el maravilloso proceso de su crecimiento. Cuando esto ocurre, debemos esforzarnos por «reconocerlos», pues sus cambios, especialmente anímicos y emocionales, son tantos que a veces tenemos que «volver a conocerlos».

No obstante, reconocer a nuestros hijos no es tan difícil, es un ejercicio que sólo requiere tiempo y atención. Prestar atención a nuestros hijos es de vital importancia para animarles y revitalizarles pero, ante todo, para transmitirles nuestro amor y comprensión.

Mientras camina por el parque un día de otoño, Elyssa, de cuatro años, tira de la manga de su madre y pregunta:

—¿Podemos volver allí? Quiero recolectar algunas hojas.

—Pero cariño, la hierba está mojada y ya tienes muchas.

—Sí, pero de esas de allí no tengo ninguna. Además, las necesito para mi colección —insiste Elyssa.

La madre mira a su hija sorprendida. Había advertido que Elyssa estaba recolectando hojas, pero ignoraba que las coleccionaba; desconocía que su hija supiera lo que era una colección. Mamá reconoce que llevar a cabo un proyecto propio es signo de que su hija está construyendo su independencia. La madre se detiene, admira el ramillete de hojas que Elyssa tiene en su mano y contempla cómo su hija corre hacia el viejo roble. De vuelta a casa hablan acerca de los nombres de los distintos árboles y cómo cada hoja tiene su propio color y forma.

Si nos tomamos tiempo para prestar atención a nuestros hijos —para estar atentos a sus explicaciones, para contemplar lo que hacen y descubrir lo que sienten— nos resultará más fácil apreciar su esfuerzo mientras trabajan en algún proyecto o para alcanzar una meta. Ser conscientes de ello nos ayudará a determinar si debemos respetar su independencia o echarles una mano.

Paso a paso

Desde la primera vez que optamos por no dar un juguete al bebé y dejamos que sea él quien descubra una forma de alcanzarlo por sí solo, estamos inculcando en el niño la importancia de tener una meta. Cuando aplaudimos sus intentos por conseguir el juguete, reconocemos su esfuerzo; cuando por fin logra alcanzarlo, su alegría.

Cuando los niños son un poco más mayores, establecer y alcanzar metas les ayuda a desarrollar confianza en sí mismos, así como una actitud dinámica y optimista. Debemos ayudarles a clarificar sus metas y asegurarnos de que son posibles. Para ello, es necesario brindarles la posibilidad de equilibrar sus sueños con la realidad, enseñarles a ser realistas y estar a su lado para animarles y apoyarles.

Antes de poner manos a la obra en un proyecto, el primer paso es definir qué queremos conseguir; el segundo, qué debemos hacer, para lo cual es muy útil dividir el problema en partes. Si ayudamos a nuestros hijos a seguir este proceso, aprenderán la interconexión causal o temporal de las partes de que se compone el proyecto en sí, y lograrán alcanzar su meta con más facilidad.

Aunque seguir una estrategia previa pueda resultarles obvio, a veces la falta de tiempo o la pereza nos hace abordar cualquier proyecto sin planificarlo de antemano y valorar el esfuerzo que requerirá. En este sentido, no es de extrañar que, a mitad de camino, perdamos el rumbo, el ímpetu y la energía iniciales y, ante cualquier imprevisto, abortemos el proyecto. Éste no es un buen ejemplo para nuestros hijos. Si queremos que aprendan a tener iniciativas y ponerlas en práctica, debemos enseñarles a planificar una estrategia y a llevar un seguimiento pormenorizado de sus esfuerzos y logros conseguidos. Tanto si estamos pintando la casa, plantando flores en el jardín o tejiendo una colcha, nuestros hijos aprenden cómo planificar proyectos observando nuestra conducta.

Tener presente el viejo proverbio chino «un largo camino se inicia con un simple paso» nos ayuda a reflexionar en la necesidad de reconocer y apoyar los primeros pasos de nuestros hijos cuando luchan por alcanzar sus metas.

Jacqueline, de cinco años, quiere sorprender a sus padres haciendo la cama. Tras varios intentos fallidos, por fin consigue colocar la colcha sobre la cama.

—¡Buen trabajo, cariño! —exclama la madre agradeciendo su esfuerzo—: Nos has ayudado mucho.

Mientras Jacqueline, satisfecha por su hazaña, sale de la habitación, el padre se acerca a la cama para arreglar la colcha que cuelga de un lado.

—No toques esa cama —le advierte la madre sonriendo—, Jacqueline se ha esforzado mucho y no debemos menospreciar su torpeza.

—Tienes razón —asiente el padre.

El comentario de su esposa ha ayudado al padre a comprender que apreciar el esfuerzo de la niña es mucho más importante que una cama bien hecha.

Practicar, practicar, practicar...

Algunos niños no tienen problema a la hora de valorar la relación entre sus esfuerzos y los resultados obtenidos. A decir verdad, a una edad muy temprana ya son conscientes de que cuanto más practiquen —tocando el piano, haciendo ejercicio físico o cualquier actividad de su interés— mejores serán sus resultados. Sin embargo, hay niños para los que esta conexión no es tan obvia. Son los típicos niños que suelen preguntar a sus amigos «¿Cómo lo has conseguido?» porque no comprenden que para ser un virtuoso en cualquier actividad se requiere tiempo, paciencia y práctica.

Si enseñamos a nuestros hijos que la consecución de un fin está proporcionalmente relacionada con los distintos pasos que deben seguirse hasta llegar a la meta deseada, les ayudaremos a ser conscientes que el éxito no se alcanza por arte de magia.

Elizabeth y Clara, ambas de doce años, están planeando ir a los campamentos deportivos de verano para jugar a hockey hierba. Las dos saben que durante dos semanas pasarán gran parte del tiempo practicando su deporte favorito. Por lo que a

Clara se refiere, la niña empieza a desarrollar una estrategia para estar preparada físicamente, con un mes de antelación. Trabaja su resistencia física corriendo cada mañana cinco kilómetros. Sin embargo, Elizabeth no hace nada al respecto porque considera que podrá ajustarse a las exigencias de los entrenamientos cuando esté en el campamento.

La madre de Elizabeth esta preocupada por su hija, pero ésta hace caso omiso de sus posibles sugerencias. Ante la reticencia de la niña, la madre decide ayudarla formulando un par de preguntas: «¿Cuántas horas al día jugaréis en el campamento? ¿Recomienda la organización del campamento preparación física previa?» Puesto que la madre, indirectamente, le ha hecho ver que necesita estar preparada si quiere participar óptimamente en las actividades del campamento, decide empezar un programa previo de entrenamiento.

Aprender a ahorrar

Recibir una asignación semanal es a menudo la primera oportunidad que tiene un niño para aprender a valorar el dinero: cuánto cuestan las cosas y cómo ahorrar para comprar lo que desea. Cuando responsabilizamos a nuestro hijo de su dinero, aprende rápidamente que si no malgasta su asignación en caramelos, podrá ahorrar para comprar unos patines, un juego de ordenador, una muñeca o una bicicleta. Que los niños sepan administrar su propio dinero les ayuda a reafirmar su independencia y tomar decisiones. Así, si sus padres no quieren comprar el juego de ordenador o cierto juguete, el niño sabe que no todo está perdido, pues puede hacerlo con el dinero de su asignación.

El derecho a contar con una asignación semanal varía en función de la familias. En algunas, los niños tienen que ganarla cumpliendo con ciertas tareas domésticas, y en otras la asignación no está relacionada con obligaciones específicas, es una cantidad fija que los padres entregan a sus hijos semanalmente. A mi juicio, la asignación no debe ser considerada por nuestros hijos como recompensa por cumplir con las tareas de la casa, pues éstas forman parte de sus obligaciones cotidianas y su contribución a la buena marcha del hogar. En realidad, debería ser contemplada como el reconocimiento de los padres de que su hijo participa de la economía familiar.

Sam, de doce años, ha estado ahorrando durante meses con el propósito de comprarse un monopatín en primavera. Sus padres no consideran que el monopatín sea una necesidad básica, así que le han sugerido que lo compre con su dinero. Puesto que Sam admite que, tal como dicen sus padres, el monopatín es un deseo y no una necesidad, está de acuerdo en ser él quien corra con los gastos. No obstante, al llegar abril todavía no ha ahorrado los veinte dólares que cuesta el monopatín y se siente frustrado.

—Es admirable, has ahorrado durante todo el invierno. ¿Qué podrías hacer para obtener el dinero que te falta? —pregunta el padre.

—Todavía es muy pronto para trabajar como jardinero —responde Sam desanimado.

—Sí, pero no para limpiar coches. Estoy seguro de que todos los vecinos tienen que quitar el polvo y abrillantar la carrocería.

—¡Hmmm! —exclama el niño con ojos como platos ante la lucrativa idea de su padre.

Siguiendo el consejo, Sam se ofrece entre el vecindario y consigue casi media docena de coches que limpiar. Tiene tanto trabajo que incluso emplea a su hermano pequeño para que le ayude.

El reconocimiento de su padre por el primer paso dado por Sam para conseguir su objetivo, le ha ayudado a dar el segundo. Gracias a esta experiencia, Sam no sólo ha aprendido a ahorrar sino a no rendirse ante las dificultades, a persistir hasta hallar una solución a sus problemas.

Ayudar a alcanzar metas

Deseamos que nuestros hijos sean optimistas y confíen en sí mismos para concretar sus sueños personales y alcanzar sus metas. Aunque tendrán momentos de desaliento, si reconocemos sus esfuerzos y les animamos a persistir en su empeño, a pesar de las dificultades, les ayudaremos a mantener una actitud positiva y a conseguir cualquier meta que se propongan.

Hay cientos de oportunidades para reforzar los esfuerzos y buena voluntad de los niños. Una tarde, tras abrir la puerta, advertí que cuatro rostros me sonreían de oreja a oreja. Se trataba de la hija de mis vecinos, de ocho años de edad, y tres de sus amigas. Las niñas sostenían en sus manos unos móviles hechos con cuentas de cristal.

—Los hemos hecho nosotras. Sólo cuestan cincuenta centavos... —El entusiasmo de las niñas era tal que no pude resistirme a la oferta y compre dos.

Colgué los móviles en la ventana del salón y, cada vez que el sol ilumina las cuentas de colores, tengo la impresión que se trata de un mágico arcoiris. A decir verdad, no necesitaba aquellos móviles cuando los compré, pero al ver sus radiantes sonrisas mientras los sostenían, decidí animar el espíritu emprendedor de aquellas niñas y transmitirles que tener un objetivo en la vida es siempre positivo. Todavía los conservo porque cada vez que contemplo las cuentas de colores recuerdo la sonrisa de las niñas y yo también sonrío.

Si los niños viven con solidaridad, aprenden a ser generosos

Vivir en familia es compartir nuestro tiempo, espacio y energía con los miembros que la integran. Nuestros hijos aprenden a compartir cuando observan que toda la familia coopera y se compromete a vivir en armonía (tanto si se trata de establecer los turnos del cuarto de baño por las mañanas, de compartir los juguetes, el coche o limitar los gastos). Si somos solidarios con los demás y con nuestros hijos, lograremos que sean generosos.

Si inculcamos a los niños de corta edad que *tienen que* compartir, quizá lo hagan por obligación pero no serán conscientes del genuino espíritu que impele al ser humano a ser generoso con sus semejantes. El auténtico valor de la generosidad sólo puede enseñarse a través del ejemplo y, en este sentido, nuestra solidaridad desinteresada hacia los demás será el modelo a seguir por nuestros hijos.

Empezar a compartir

Deseamos que nuestros hijos aprendan a compartir porque no queremos que los demás piensen que son egoístas. Sin embargo, no debemos olvidar las limitaciones propias de los niños de corta edad al respecto. Dejar de ser egoísta es un proceso que depende, en gran medida, del lento y gradual desarrollo de las habilidades cognitivas que permiten que el niño sea consciente de los sentimientos y necesidades de los demás. Los niños menores de dos años no están preparados para compartir porque no son capaces de ponerse en el lugar de los demás. La capacidad de contemplar el mundo con los ojos de otro es un largo proceso que finaliza en la adultez.

Para el recién nacido, todo cuanto le rodea, incluso papá y mamá, es *suyo*. De hecho, es incapaz de diferenciarse a él mismo de sus padres. En esta etapa, el primer paso hacia la base de su desarrollo como individuo se producirá cuando sea capaz de reconocer a su madre como un ser autónomo y diferenciado.

Puesto que todavía no son capaces de comprender otro punto de vista aparte del propio, es natural que los niños de corta edad sean egoístas. Lo quieren todo y lo quieren de inmediato. El egoísmo propio de esta fase no es alarmante. Sin embargo, nuestra tarea es enseñarles a serlo menos o dejar de serlo gradualmente.

La mejor forma de enseñar a un niño pequeño a compartir es haciéndolo sin que ello implique para él sacrificio personal alguno. Dividir un todo en partes y enfatizar ciertas palabras claves pueden sernos de gran ayuda para introducir el concepto «compartir» en el mundo del pequeño. «Vamos a compartir las zanahorias: a ti te tocan dos y a mí otras dos», «Mamá tiene una galleta, papá tiene una galleta y tú también tienes una». A medida que los niños van creciendo, aprenden a compartir a través de formas más sofisticadas: invitando a los demás antes de servirse, esperando que les llegue el turno, etc...

Los niños inician su vida social jugando juntos pero individualmente, desempeñando lo que los psicólogos llaman «juego paralelo». Aunque les guste estar en compañía de otros niños de su misma edad y adviertan su presencia, no se relacionan mutuamente hasta los dos años y medio. Esta interacción representa un importante paso en el desarrollo social del niño y marca el momento exacto en que está preparado para empezar a compartir.

Mientras Thomas, de dos años y medio, está jugando con una colección de camiones de madera, David, de su misma edad, se acerca y le quita uno. La reacción de Thomas es inmediata: se levanta y recupera *su* camión. Si los niños están en compañía de un adulto, lo normal en estos casos es que éste intervenga para que compartan sus juguetes; sin embargo, es mejor que ellos solos solucionen el problema.

Si Thomas se niega a compartir su camión con David, lo más probable es que pierda un compañero de juego. Por otra parte, si persiste en su postura y los demás niños acostumbran dejarle solo, no tardará en comprender que compartir sus juguetes con los demás es sinónimo de tener alguien con quien jugar. Llegados a este punto, quizá podríamos sugerir a Thomas que permitiera que David jugara con él. No obstante, si lo rechaza, es mejor no forzar la situación. Podemos decir a David que quizá Thomas querrá jugar con él más tarde y ayudarle a encontrar otro juguete. Aunque queremos que nuestros hijos aprendan a compartir, hemos de respetar su derecho a tener iniciativas propias y, por tanto, no podemos imponerles nuestra voluntad; si toman la decisión de compartir deben hacerlo voluntariamente.

La curiosidad natural del niño juega un papel destacado en este proceso. Tras ser rechazado por Thomas, David decide jugar con su arca de Noé, un barco y un conjunto de hermosos animales de maderas. Thomas mira de reojo los animales y al ver que David parece divertirse mucho siente un repentino interés. Al cabo de unos minutos, Thomas se acerca a David llevando en la mano uno de sus camiones. En silencio, Thomas coloca el camión dentro del arca y David le responde dándole dos cebras para que las coloque dentro del camión. Cinco minutos más tarde ambos niños han aprendido que jugar juntos es más divertido que hacerlo solos.

A medida que nuestros hijos crecen, esperamos que desarrollen un deseo espontáneo por compartir sus cosas con los demás. Sin embargo, lejos de comprender todavía lo mucho que el compartir les enriquece, debemos ayudarles a vencer su miedo por perder lo *suyo*.

Andy, de cuatro años, pasa la tarde en casa de Jeff, su mejor amigo. En una habitación repleta de juguetes, Jeff coloca un lienzo blanco sobre un caballete. Al ver el pincel que su amigo sostiene en la mano, Andy se acerca a él y exclama:

—¡Yo también quiero pintar!

Jeff responde agarrando el pincel para evitar que Andy se apropie de él. Previendo problemas, la madre de Jeff se apresura en llevar a los niños unos cuantos pinceles más y una gran cartulina.

—Aquí tenéis, chicos. ¿Por qué no pintáis juntos?

Los niños están encantados con la idea ya que, en este caso, compartir significa que ambos tendrán un soporte mucho mayor en el que pintar y más pinceles. La intervención de la madre les ha hecho comprender el enriquecedor significado de la palabra «compartir».

Mucho antes de la edad preescolar, la mayoría de los niños ya ha asimilado y comprende perfectamente la diferencia entre poseer, usar y prestar.

Saben diferenciar entre lo que es suyo y lo que pertenece a los demás, y son conscientes de que hay cosas que pueden ser utilizadas por todos. A pesar de que a veces griten con vehemencia «¡Esto es mío!» durante sus juegos, uno de los conceptos básicos que aprenderán durante esta etapa es cómo y cuándo compartir sus cosas con los demás.

Obvia decir que algunas posesiones, como un osito de peluche, una manta o cualquier objeto especial, tienen un significado profundamente personal para algunos niños porque representan el calor, el amor y la seguridad de su hogar. En estos casos, los niños sienten un profundo sentido de pertenencia, el mismo que experimentan cuando se sientan en el regazo de su madre. El resto de los miembros de la familia deben tenerlo en cuenta y bajo ningún concepto pedirles que compartan «sus tesoros» o arrebatárselos como castigo. Si alguno de sus hermanos o amigos quieren jugar con el preciado objeto, debemos intervenir y explicarles que hay ciertos objetos que no se comparten y sugerirles que jueguen con otra cosa.

Por cierto, recuerden que las viejas mantas no se desvanecen, se gastan con el tiempo y los lavados. En cuanto a los ositos, ¡a veces es imposible evitar que también vayan a la escuela!

«¡Devuelve el niño al hospital!»

La experiencia más dura de un niño de corta edad es el nacimiento de un hermano o hermana, pues supone tener que compartir los favores de sus padres. Es natural que el primogénito tenga la sensación de que aquél le ha arrebatado algo que le pertenecía. En realidad y en cierta manera, es así. Inevitablemente, la llegada del bebé supone para los padres un mayor desgaste de tiempo y energía; para el niño, la experiencia penosa de perder el cuidado constante de su madre. El nacimiento de un tercer o cuarto hermano nunca es tan traumático para los niños como la llegada del segundo porque, para entonces, ya están acostumbrados a compartir.

Al principio, Daryl, de cuatro años, estaba entusiasmado cuando le comunicaron el nacimiento de su hermanito. Saberse el «hermano mayor» le llenaba de orgullo y satisfacción. No obstante, tan pronto sus padres llegaron del hospital con el bebé, su vida cambió por completo.

—Ya nunca juegas conmigo —se lamentaba Daryl una y otra vez.

—Es cierto, cariño —asentía la madre—. Desde que llegó el bebé mamá está muy ocupada. Esta tarde, mientras el nene duerma la siesta, jugaremos un rato, ¿de acuerdo? —sugiere la madre, cuyo mayor deseo sería poder dormir un par de horas también.

Los padres de Daryl han preparado psicológicamente al primogénito para que acepte mejor al recién nacido, reforzando su nuevo rol de «hermano mayor». Tanto el padre como la madre tratan de pasar un tiempo con él para evitar que se sienta desplazado. Toda la familia y los amigos que visitan la casa tras el nacimiento del bebé, conscientes de la situación de Daryl, le prestan una atención especial: muchos incluso le obsequian con juguetes. Todos, en general, tratan de ayudarle a minimizar la intensidad de sus sentimientos; sin embargo, por más que se esfuercen, no pueden cambiar el hecho de que Daryl haya perdido su posición privilegiada de hijo único y, por tanto, tenga que compartir sus padres con un bebé que acapara el tiempo y las atenciones de éstos. Los adultos saben que se trata de una etapa más de la vida del niño, pero para Daryl es una seria injusticia. No podemos devolver el niño al hospital, tal como algunos nuevos hermanos mayores suelen sugerir, pero podemos hacer todo lo posible por comprender sus sentimientos y dedicarle las atenciones necesarias para que supere su trauma.

Entregarnos a nuestros hijos

Ser generoso implica desear entregarse a los demás libre e incondicionalmente, es decir, sin esperar nada a cambio. Si nos entregamos a alguien es porque nos preocupa y somos conscientes de que nos necesita. Aunque nuestra entrega pueda suponer tener que sacrificar los intereses propios por los ajenos, no contemplamos dicho sacrificio como una pérdida pues la entrega desinteresada es recompensada por sí misma.

Este tipo de generosidad incondicional es uno de los aspectos específicos que caracterizan el oficio de padre. En efecto, nos entregamos desinteresadamente a nuestros hijos porque nos necesitan. Cualquier sacrificio que estemos dispuestos a hacer por ellos no se sustenta en recompensa material alguna, sino en el intenso amor y responsabilidad que sentimos hacia ellos desde su nacimiento.

El más preciado tesoro que podemos entregar a nuestros hijos es nuestra presencia y atención. No debemos olvidar que nuestra misión es caminar junto a ellos durante el largo proceso de su aprendizaje y formación. Sin embargo, compartir nuestro tiempo con ellos no siempre resulta fácil. Muchos padres, en especial los solteros o divorciados, sometidos a las obligaciones propias de la vida cotidiana —el trabajo, la casa, el hogar y los propios hijos—, apenas tienen tiempo para ellos mismos.

Un padre divorciado decidió que quería dedicar más tiempo a su hijo de once años de edad.

—A partir de ahora dedicaremos un tiempo a estar juntos —sugiere el padre—. Solos tú y yo. ¿Qué te parece?

—De acuerdo —asiente el niño poco convencido, y a continuación pregunta—: ¿Y qué haremos...?

No tiene sentido planificar de antemano el tiempo que dedicaremos a nuestros hijos. Lo realmente importante es tratar de disfrutar constructiva y positivamente cada instante que pasemos con ellos. En este sentido, debemos ser honestos con nosotros mismos a la hora de tomar decisiones. Cuando, en un intento por autoconvencernos, pensamos: «Dadas las circunstancias, trabajaré las horas que sean necesarias... Una vez alcanzados los objetivos, ya pasaré más tiempo con mi familia», podemos engañarnos a nosotros mismos, pero no a nuestros hijos. No cabe duda de que ellos crecerán con o sin nosotros y cuando por fin tengamos tiempo para estar con ellos, quizá ya no nos necesiten. Así pues, entre todas las posibles decisiones de nuestra vida, la prioritaria es ser conscientes de que debemos pasar más tiempo con nuestros hijos. Al margen de las obligaciones y presiones laborales, debemos tener siempre presente que nuestros hijos crecen rápidamente y tratar, en la medida de lo posible, de caminar a su lado cuando realmente nos necesitan.

Aunque estemos convencidos de entregarnos a nuestros hijos, a veces perdemos inconscientemente el contacto con ellos. La madre de Frank era una voluntaria activa del grupo juvenil de la iglesia parroquial. Como miembro del grupo, Frank se sentía orgulloso de que ella fuera quien organizara las salidas culturales. Sin embargo, cuando Frank empezó a interesarse por las actividades deportivas, nació entre ellos un conflicto de intereses. Puesto que su madre seguía perteneciendo al grupo parroquial, no podía presenciar los partidos de fútbol que su hijo jugaba durante los fines de semana.

—Incluso la mamá de Billy, que siempre está en el banquillo, viene a ver los partidos —se queja Frank, que ha crecido y ahora precisa que su madre se interese por sus nuevas actividades.

Seamos realistas. Nuestro tiempo y energía son limitados. En tanto que padres, tenemos que revalorar nuestras prioridades, actividades y responsabilidades en relación directa al desarrollo gradual de nuestros hijos. Compartir nuestro tiempo con ellos significa ser flexibles y adaptarnos a la evolución de sus necesidades. En definitiva, tenemos que ser testigos de los cambios vitales que nuestros hijos experimentan y estar siempre a su disposición.

Disfrutar de nuestro tiempo juntos

Si el tiempo que dedicamos a nuestros hijos es importante, más lo es la calidad. En este sentido, si al estar con ellos no nos entregamos sinceramente, les transmitimos un mensaje cargado de resentimiento e impaciencia en lugar de generosidad.

Julia, de nueve años, pide a su madre que le ayude a preparar una lectura poética para la escuela.

—De acuerdo —asiente la madre—, pero sólo dispongo de un cuarto de hora. Tengo que hacer un par de llamadas.

Aunque Julia agradezca la ayuda de su madre, se siente un poco desconcertada. La niña tiene la sensación de que las llamadas telefónicas son más importantes para su madre que su proyecto escolar.

Cuando nos disponemos a pasar un tiempo con nuestros hijos, debemos hacerles sentir que, por lo menos, ese momento que les dedicamos es importante para nosotros. Aunque tienen que aprender que no podemos dedicar todo nuestro tiempo a atender sus necesidades hemos de intentar pasar con ellos unos minutos diarios. Quizá algunos días nos resulte difícil encontrar el momento oportuno en nuestras apretadas agendas pero, al fin y al cabo, ¡qué hay más importante que nuestros hijos!

Compartir con aquellos que tienen menos

Cuando un niño es consciente de las necesidades de los demás y se solidariza con ellos aprende a compartir. A menudo las escuelas u organizaciones religiosas promueven que los niños participen en campañas de solidaridad, como repartir comida entre los necesitados el día de Acción de Gracias o juguetes el día de Navidad. Participar en este tipo de actividades les enseña a valorar cuanto poseen y a comprender la tristeza de los menos afortunados, les hace disfrutar del sentimiento de buena voluntad que se genera al entregarse a los demás sin esperar nada a cambio.

Una vez alcanzan plena consciencia de las necesidades de los demás, los niños tienden a reaccionar de forma espontánea y generosa. Cualquier iniciativa que tomen al respecto debe ser reforzada y apoyada, aunque suponga algún inconveniente o sacrificio para los padres. Puede que a veces necesiten nuestra ayuda para llevar a cabo acciones de solidaridad, pero en general, suelen ser bastante imaginativos. Por ejemplo, un chico de once años inició una campaña en favor de la gente sin hogar. Su objetivo inicial era repartir mantas entre los pobres pero, poco a poco, el programa fue ampliándose a abrigos, café caliente y sándwiches. Aunque los adultos ayudaron al niño y participaron en el proyecto, el chico siguió siendo el eje central de la campaña, trabajando en primera línea y actuando como portavoz en la solicitud de donaciones.

Los frutos del compartir

Si los niños crecen en una familia en la que compartir es un estilo de vida, aprenderán a valorar la importancia y la alegría de entregarse a los demás. Al alcanzar la adolescencia, no sólo son capaces de comprender el tipo de entrega que implica ser padre, sino que empiezan a correspondernos por ello.

La madre de Sadie ha pasado toda la noche en vela ayudando a su hija de quince años de edad, a estudiar. A la mañana siguiente encuentra sobre la mesa de la cocina una nota de Sadie. «Gracias por haber estado levantada hasta tan tarde conmigo. Gracias por tu ayuda.»

Son estos momentos los que restauran y consolidan nuestra fe en nosotros mismos y en nuestro oficio de padres. Cuando nuestros hijos empiezan a agradecernos lo que hemos hecho o hacemos por ellos, podemos descansar tranquilos, pues no cabe duda de que están aprendiendo a ser generosos.

Todos deseamos que nuestros hijos crezcan sabiendo cómo

entregarse a los demás sin esperar nada a cambio, que aprendan a compartir su tiempo, energía, atenciones y posesiones
para contribuir activa y responsablemente con su comunidad.
Aunque no todos lo consigan, aquellos que aprendan a vivir
día a día el valor de la generosidad, no sólo descubrirán el sentido y rumbo de su vida sino que contribuirán a mejorar el
mundo.

Si los niños viven
con honestidad,
aprenden qué es la verdad

El valor de la «verdad» es quizá el más difícil de enseñar. La mayoría de padres coincidimos en señalar que la honestidad y la verdad son dos valores indispensables en el desarrollo integral de sus hijos. No obstante, no siempre predicamos con el ejemplo, pues practicar la honestidad en esencia es casi imposible. En este sentido, determinar cómo, cuándo y hasta qué punto la honestidad es un valor importante es un tema muy personal. Muchos contamos a nuestros hijos historias irreales, como la de Santa Claus o el Ratoncito Pérez, sin embargo algunos padres creen que hacerlo es ir en contra del valor de la honestidad. Mientras algunos padres consideran aceptable mentir acerca de la edad de sus hijos para evitar pagar un billete de avión o conseguir una reducción en el precio de las entradas del cine, otros no. Al margen de nuestros propios principios al respecto, casi todos acostumbramos decir alguna mentira piadosa para simplificar nuestras vidas, ahorrar tiempo o evitar herir los sentimientos de los demás. Sin embargo, aunque nos enfrentemos al mismo dilema, no todos tomamos las mismas decisiones. No cabe duda, pues, que decir la verdad puede ser un asunto peliagudo.

Si no es siempre fácil para los adultos saber cuándo es conveniente decir la verdad y cuándo es mejor ocultarla o mentir, imaginen lo difícil y confuso que debe ser para nuestros hijos. Los niños saben que valoramos la honestidad y esperamos que siempre digan la verdad; no obstante, al ser testigos de nuestras propias incoherencias al respecto descubren que en ciertas circunstancias su honestidad nos disgusta. ¿Cómo podemos enseñarles a ser personas honestas si no siempre podemos predicar con el ejemplo?

La verdad en cuestión

Podemos empezar ayudando a comprender a nuestros hijos que la honestidad y el decir la verdad son dos aspectos distintos de un único valor. La honestidad cubre un amplio abanico de conductas, incluyendo nuestra habilidad de ver y experimentar las cosas tal como son —sin distorsiones, sin subjetividades, sin eludir nada o negar nada—. Decir la verdad es la habilidad de comunicar lo que vemos y experimentamos clara y distintamente. A medida que se hacen mayores, tenemos que ayudar a nuestros hijos a desarrollar el sentido de la discreción —la habilidad de discernir situaciones en las que es mejor ocultar la verdad, o al menos parte de ella—. De igual forma, también necesitan comprender la diferencia entre mentir deliberadamente, lo que implica engaño intencional, o hacerlo por desconocimiento de causa.

El primer paso es enseñarles a reconocer y a enfrentarse a la verdad, a pesar de que al hacerlo puedan sentirse incómodos. Nuestro deseo, como padres, es que sean capaces de explicarnos detalladamente qué ha ocurrido o qué han hecho. Esto implica aprender a distinguir la diferencia entre la realidad y la ficción (explicar lo que los demás desean escuchar o simplemente justificar imaginativamente cualquier acción).

Hay niños que no son honestos ni sinceros por temor a ser castigados si dicen la verdad. En estos casos, los padres tienen que crear un ambiente familiar en el que, a pesar de no haber hecho lo correcto, el niño sea premiado por su sinceridad. Esta determinación es sin duda un arma de doble filo. Por una parte, tenemos que ayudar a nuestros hijos a ser responsables y a aceptar las consecuencias inherentes a un comportamiento impropio o inadecuado; hacerles comprender que decir la verdad no les exime de comportarse correctamente. No obstante, es conveniente que los niños no teman nuestra reacción porque, de lo contrario, estarán tentados de mentir.

En este sentido, una buena técnica a poner en práctica es concentrar nuestra atención en el hecho en cuestión y evitar culpabilizar al niño.

—Esta mañana he encontrado esta raqueta en el porche... —comenta una madre a sus dos hijas, de nueve y once años. Las dos se miran de soslayo.

—Bueno, lo cierto es que... —balbucea la pequeña—. Cuando llegamos ayer noche, papá me dio la raqueta. Supongo que, como en una mano llevaba mi mochila y la raqueta, y en la otra el saco de dormir, debí de dejarla en el suelo para poder abrir la puerta...

—Es verdad, mamá —interrumpe la mayor—. Yo le dije que me encargaría de ella, pero lo olvidé...

—Está bien —dice la madre tras escuchar la versión de las niñas—, pero, por favor, la próxima vez aseguraos de no olvidarla en el porche. Una raqueta de tenis puede oxidarse si pasa toda la noche a la intemperie.

Al centrar su atención en la raqueta de tenis, la madre obtiene una información mucho más detallada de lo ocurrido que si hubiera preguntado quién la dejó en el porche. De haberlo hecho, las niñas habrían tratado de incriminarse mutuamente. La técnica empleada por la madre no sólo ha propiciado que sus hijas digan la verdad, ha servido también para poner de manifiesto el error cometido y enseñarles a ser más responsables en el futuro.

«Y nada más que la verdad»

Antes de ser conscientes de que mentir no es correcto, los niños acostumbran hacerlo. Así pues, una de las técnicas que debemos desarrollar es saber controlar la situación cuando advertimos que mienten. Se trata de un asunto muy delicado. Si les reprendemos no debemos amenazarles, sino hacerles comprender que, a pesar de ello, estamos de su parte. Bajo ningún concepto debemos tratar de acorralarlos deliberadamente o, de lo contrario, propiciaremos que mientan para evitar posibles castigos. Si somos capaces de hacerles reflexionar sobre la importancia que otorgamos a la sinceridad, sin duda potenciaremos el valor de la honestidad.

Erin, de cuatro años, y su madre acaban de hacer galletas de chocolate para la fiesta de preescolar de la niña. A media tarde, mientras la madre trabaja en su despacho, Erin se acerca a ella para decirle algo. Al verla entrar, la madre advierte migas de galleta en su camiseta y restos de chocolate en la comisura de sus labios.

—Erin, tienes los labios manchados de chocolate —comenta la madre—. No te habrás comido una galleta, ¿verdad?

—No, mami... —responde la niña negando con la cabeza y encogiéndose de hombros.

Por la reacción de Erin, la madre intuye que ha llegado el momento de mantener con la niña una delicada conversación.

—Empecemos de nuevo, cariño —dice la madre con ternura—, y por favor, dime la verdad, ¿de acuerdo? ¿Te has comido una galleta de las que hemos hecho? No pasa nada si lo has hecho, cielo, pero me gustaría saberlo.

—Pero una muy pequeña... —balbucea la niña.

—¿Sólo una?

La niña baja la mirada y haciendo un gesto con sus deditos, admite:

—Bueno... dos muy pequeñas.

—¿Me has dicho la verdad? —La niña asiente con la cabeza y mira a su madre con ojos sinceros—. Me alegro de que hayas sido honesta, Erin —elogia la madre, y añade—: La sinceridad es muy importante...

—Vale —la interrumpe la niña, y pregunta—: ¿Puedo comerme otra, mamá?

—No, ahora no. En primer lugar porque casi es hora de cenar y, en segundo, porque estas galletas son para la fiesta del colegio, ¿recuerdas?

—Está bien, mami. ¿Puedo ir a jugar a mi habitación?

La madre de Erin ha enseñado a la niña una valiosa lección, la ha ayudado a comprender que, a pesar de haber hecho algo que pueda disgustarla, es necesario ser sincera con mamá. Al interrumpir lo que estaba haciendo para descubrir si Erin estaba diciendo la verdad, la niña ha tomado conciencia de que si su madre ha dejado de trabajar para hablar largo y tendido del asunto, decir la verdad debe ser muy importante.

Puesto que la infracción de Erin no era grave y su madre estaba ocupada, ésta podía haber hecho caso omiso del incidente en cuestión. De haberlo hecho, hubiera desperdiciado una buena oportunidad para infundir en su hija hasta qué punto valora la sinceridad. Es posible que en una situación similar, otra madre reprendiera a su hija por haber mentido. Sin embargo, con esta actitud, en lugar de enseñar a la niña a decir la verdad, lo único que conseguiría es potenciar la actitud contraria. Que entre padres e hijos haya sinceridad es de vital importancia; no obstante, debemos potenciarla enseñándoles a comprender y respetar nuestros valores reflexivamente, nunca abusando de nuestra autoridad.

Historietas versus mentiras

Educar a nuestros hijos en el valor de la verdad implica tener que enfrentarnos a un difícil dilema: determinar la diferencia entre contar historietas y decir mentiras. El poder de la imaginación infantil es extraordinario y no debemos reprimirla. En este sentido, al transmitirles la importancia de la sinceridad, debemos asegurarnos de no limitar el placer de inventar y contar cuentos y, por el contrario, animarles a compartir con nosotros y con los demás los frutos de su imaginación. Puesto que se trata de un tema bastante delicado, una buena forma de enseñarles a diferenciar la realidad de la ficción es explicar a nuestros hijos el origen fáctico de los mitos, leyendas, cuentos y narraciones.

La madre de Anthony, de dos años, está fuera de sus casillas. Va a llegar tarde a una cita y no encuentra las llaves del coche.

—¡Qué extraño! —exclama—. Hace cinco minutos las vi sobre la mesa... ¿Dónde pueden estar?

—Se las ha llevado el monstruo —interviene Anthony, agitando teatralmente sus brazos.

—¡El monstruo! —repite la madre impostando la voz, y luego pregunta—: ¿Sabrías decirme, por casualidad, dónde ha escondido las llaves el monstruo?

—¡En la caja de los juguetes! —responde el niño.

En efecto, el niño está en lo cierto. Tras abrir la caja, la madre saca las llaves y mira a Anthony.

—No era más que un cuento, ¿verdad, cielo? Porque en esta casa, el único monstruo eres tú... —bromea la madre al tiempo que hace cosquillas al niño.

Mientras éste se desternilla de risa, la madre retira las llaves del alcance de su hijo y puntualiza:

—Pequeño monstruito, has de saber que con las llaves no se juega. Si se pierden, no puedo conducir el coche. Por favor, cariño, no vuelvas a esconderlas nunca más.

A tenor de la edad de Anthony y la situación, la madre ha hecho lo necesario para clarificar la diferencia entre la realidad y la ficción.

Podemos crear una atmósfera familiar donde los límites entre la realidad y la ficción estén claramente perfilados, pero en la que nuestros hijos disfruten también del mundo mágico de los cuentos. Aprender a distinguir la realidad de la ficción les ayudará a superar posibles decepciones cuando, al madurar, descubran qué se esconde realmente tras el mito de Santa Claus o el del Ratoncito Pérez. Hay padres que consideran innecesario explicar a sus hijos que Santa Claus no existe. Cuando, a cierta edad e inevitablemente, los niños empiezan a hacer preguntas al respecto, lo mejor es explicarles gradualmente que Santa Claus es un mito para que aprecien y valoren el misterio de las creencias tradicionales.

De camino hacia el centro comercial, Kevin, de siete años, pregunta a sus padres:

—¿Santa Claus es real? La madre de Paul dice que Santa Claus vive en el Polo Norte; el padre de Janie que es el espíritu de la solidaridad, y la hermana mayor de Mary afirma que es un personaje imaginario. Así pues, ¿es real o no?

La madre del niño respira profundamente. Hacía meses que esperaba esta pregunta.

—Verás, Kevin, en este mundo hay muchas cosas difíciles de comprender. La historia de Santa Claus es una de ellas... Sin duda un maravilloso misterio, ¿no es cierto, papá?

Al advertir que su padre asiente con la cabeza, Kevin sonríe y se recuesta en el asiento trasero del coche sin decir palabra. El niño desea creer en Santa Claus y, tras la explicación de su madre, puede seguir haciéndolo. Al mismo tiempo, la respuesta de su madre es la correcta para un niño de siete años, lo bastante maduro para interesarse por descubrir la verdad, pero no lo suficiente para admitirla. Cuando Kevin sea más mayor, será capaz de comprender la verdad implícita que escondían las palabras de su madre.

Mentiras piadosas

Establecer un criterio de validez para determinar si una percepción o una acción es verdadera o falsa resulta a veces muy complicado. A medida que los niños descubren el mundo que les rodea, comprueban que, además de su punto de vista o el de su familia, hay diversas formas de comprender y explicar la realidad.

Fran, de siete años, está enojado con su madre.

—¡Mentiste! —le recrimina—. El domingo pasado le dijiste a tía Karen que te encantó la cena, pero ahora acabas de comentarle a papá que cocina fatal.

—Tienes razón, Fran —admite la madre—. No le dije nada acerca de cómo cocina porque no quería herir sus sentimientos. Consideré más importante ser amable que totalmente honesta.

Fran asiente con la cabeza y, tras reflexionar sobre las palabras de su madre, pregunta:

—¿Esto significa que no he de ser siempre sincera con los demás?

Al ver que su hija puede malinterpretar sus palabras, la madre responde:

—Has de ser siempre sincera con los demás, cariño. Sin embargo, hay situaciones en las que es mejor ser amable. Cuando para no lastimar los sentimientos de alguien decimos una mentira piadosa, aunque le mintamos no estamos haciendo nada malo.

Confusa, Fran mira a su madre y frunce el entrecejo.

—Te lo voy a explicar con un ejemplo —prosigue la madre—. Supón que tu amiga Andrea lleva un vestido nuevo y a ti no te gusta. ¿Se lo dirías?

Fran guarda silencio antes de responder y luego exclama:

—¡Ni hablar, se pondría muy triste!

—En tal caso, ¿qué podrías decirle para evitar herir sus sentimientos?

—Podría decirle... —titubea la niña—, que le sienta muy bien.

—¡Estupendo, has captado la idea! También podrías preguntarle dónde lo ha comprado... La cuestión es no herir los sentimientos de tu amiga. Andrea tiene derecho a sentirse feliz por estrenar un vestido nuevo. Sin embargo, lo más importante es recordar siempre que no todos tenemos los mismos gustos. Quizá el color que tú más detestas sea el preferido de tu amiga, ¡quién sabe!

Las palabras de la madre han servido no sólo para enseñar a Fran que hay que ser amable con los demás, sino para recordarle que hay distintas formas válidas de ver el mundo.

Ni que decir tiene que este tema no habría surgido si la madre no hubiera hecho comentario alguno a su esposo acerca de lo mal que cocina su hermana delante de Fran. Es posible que, siguiendo el viejo refrán «Si no puedes ser amable, no hagas comentario alguno», haya personas que eviten manifestar su verdadera opinión. En tanto que compendio de la sabiduría popular, el mensaje del refrán está en lo cierto. En efecto, si nos permitimos expresar abiertamente nuestras opiniones, incluso delante de nuestros hijos, debemos tomarnos tiempo para clarificarles, tal como ha hecho la madre de Fran, la razón de nuestra actitud.

Educar a nuestros hijos el valor de la integridad

Los niños aprenden a ser honestos siguiendo el ejemplo de sus padres. Todo cuanto hacemos y decimos proporciona a nuestros hijos un ejemplo vivo de lo que realmente significa ser una persona honesta. Al ser testigos de cómo nos desenvolvemos ante la miríada de situaciones que nos brinda la vida, mimetizan nuestra conducta que, por otra parte y especialmente cuando son pequeños, consideran absolutamente correcta.

Alicia, de nueve años, y su padre salen del restaurante donde han comido. Mientras se dirigen al aparcamiento, el padre advierte que la cajera le ha devuelto dinero de más.

—Aguarda un segundo, Alicia, creo que la cajera se ha equivocado y me ha devuelto cinco dólares de más —dice contando de nuevo los billetes—. Será mejor que volvamos al restaurante y aclaremos el error.

Alicia no parece muy entusiasmada por la decisión de su padre pues, en cuestión de segundos, ya había planeado cómo gastar los cinco dólares. Sin embargo, la niña sabe que su padre está haciendo lo correcto. Tras devolver el dinero a la cajera, ésta agradece el gesto. De no haber sido por él, hubiera tenido que pagar la diferencia de su bolsillo tras hacer el arqueo de caja. Al escuchar la conversación, el director del restaurante se acerca a ellos y entrega al padre de Alicia un vale descuento que podrá canjear la próxima vez que coman en el establecimiento. Cuando el padre y la hija abandonan por segunda vez el restaurante, ambos se encaminan hacia el coche con aire de satisfacción.

—¿Qué opinas al respecto, Alicia? —pregunta el padre—. ¿Estás contenta de haber devuelto el dinero?

—Tal como sueles decir, la honestidad siempre es recompensada —comenta la niña.

—Es cierto, pero yo me refería a la recompensa emocional —Y a continuación, levantando el vale descuento, esboza una sonrisa y añade—: Aunque he de admitir que a veces decir la verdad obra milagros...

Los adolescentes y sus problemas

Hay ocasiones en que no es conveniente ser totalmente honesto. Al abordar ciertos temas, es más importante adecuar nuestras respuestas a la edad y madurez de nuestros hijos. Solemos cometer el error de infravalorar la capacidad de comprensión de los niños. Sin embargo, siempre hay padres que dan explicaciones demasiado científicas a las primeras e ingenuas preguntas de sus hijos acerca del origen de la vida o el significado de la muerte, respuestas que, casi siempre, confunden y sobrepasan al niño.

El sexo y la muerte son dos temas difíciles de comentar con nuestros hijos. Nos sentimos incómodos al tener que hablar de ellos incluso con adultos. Así pues, antes de entrar en materia, sería conveniente sopesar la capacidad de nuestros hijos para comprender el significado de los conceptos que vamos a emplear en nuestra explicación y calibrar hasta qué punto ésta puede afectarles. Darles demasiada información sobre el sexo a una edad demasiado temprana puede despertar en ellos la perplejidad. En cuanto al tema de la muerte, profundizar demasiado puede desequilibrar su sentido de la seguridad.

Debemos recordar que nuestros hijos generalmente reciben más información, y no siempre la más adecuada, acerca de estos temas (ya sea a través de sus amigos, la televisión y demás medios de comunicación) de la que imaginamos. Así pues, si nuestros hijos sienten curiosidad por estos temas, una buena forma de iniciar la conversación es preguntar primero qué saben al respecto para poder clarificarles cualquier duda o malentendido y, a continuación, adecuar nuestra explicación a su edad. A veces puede resultar muy útil utilizar materiales pedagógicos diseñados especialmente para ilustrar de forma simple y clara estos temas.

Cuando subestimamos la capacidad comprensiva de nuestros hijos y tratamos de ocultarles la verdad, perciben fácilmente las posibles discrepancias entre lo que ya saben acerca del tema y nuestras explicaciones. Esto puede generar confusión, dudas y sentimientos de culpabilidad en algunos niños. Puesto que la tendencia natural de nuestros hijos es creer todo cuanto decimos, debemos ser especialmente sinceros con ellos al tratar estos temas y evitar manipular cualquier tipo de información.

Una de las mayores preocupaciones de los niños al llegar a la adolescencia es cuestionar el concepto de «verdad» y consolidar una identidad propia e independiente. Descubrir y comprender el proceso de cambio que experimenta su cuerpo, así como consolidar el sentido de la individualidad y unicidad es para el adolescente un reto tan importante como el del bebé al dar sus primeros pasos. El adolescente está iniciándose en el proceso cognoscitivo que tiene como objeto lo abstracto, el inefable sentido del yo y la determinación de aquellos principios vitales que le permitirá anclarse en el mundo y descubrir cuál es su lugar en éste.

El cambio físico es el síntoma inequívoco de que también sus pensamientos y sentimientos están cambiando. Lamentablemente, si nuestros hijos adolescentes no se atreven a hablar con nosotros de sus preocupaciones, lo harán con sus amigos y la información que éstos puedan aportarles es posible que genere en ellos más confusión. Durante este difícil período ya no podremos desvanecer sus dudas y temores sentándolos en nuestras rodillas y abrazándoles para tranquilizarles como cuando eran pequeños. Sin embargo, esto no significa que ya no nos necesiten. No importa lo distantes que parezcan o la brusquedad de la que hagan gala cada vez que tratemos de aproximarnos a ellos, nuestros hijos nos necesitan más que nunca.

Durante este período la relación que mantenemos con ellos tendrá que pasar la prueba de fuego. A tenor de sus cambios, tenemos también que cambiar nuestra forma de aproximarnos a ellos. El deseo de nuestros hijos adolescentes es sentirse cerca de nosotros, saber que estamos a su lado. Necesitan saber que pueden acudir a nosotros siempre que lo necesiten para explicarnos cómo se sienten y estar seguros de que les escucharemos, de que comprenderemos sus inquietudes, de que les ayudaremos a desarrollar una perspectiva más amplia o a explorar posibles alternativas con ellos. Necesitan saber que responderemos las preguntas (acerca del sexo, sus deseos y sentimientos) que les inquietan en función de nuestros conocimientos. ¿Cómo ganarnos su confianza en este período tan problemático para ellos? Siendo honestos y sinceros con ellos.

En la medida de lo posible, han de evitar sentirse incómodos cuando hablen de estos temas con sus hijos adolescentes. Han de ser imparciales y objetivos a la hora de comunicarles la información que éstos precisan para vivir en el mundo. Al igual que les prepararon para afrontar su primer día de escuela, tienen que ayudarles ahora a enfrentarse a los problemas de los adultos. Vivir en el mundo de hoy en día es un reto peligroso. Los adolescentes están expuestos a las drogas y al alcohol mucho antes de llegar al instituto, son sexualmente mucho más activos que ustedes a su misma edad y, por supuesto, mucho más vulnerables a cualquier enfermedad de trasmisión sexual, en especial el sida.

Acostumbro sugerir a los padres que acuden a mis talleres que reflexionen acerca del tiempo que pasan con sus hijos adolescentes y a recordar qué les explicaron (o eludieron explicar) sus propios padres: hasta qué punto fueron honestos con ellos; si podían haber sido más directos y concretos a la hora de resolver esos problemas que tanto les inquietaban; cómo les informaron acerca de cuestiones tan básicas como la menstruación, la masturbación, las erecciones, la eyaculación precoz, el orgasmo, la contracepción o, por el contrario, si tuvieron que ser ellos mismos quienes buscaron la información por otras fuentes. La mayoría de los padres que practican este ejercicio aprenden mucho de las experiencias ajenas y, por supuesto, todos comparten divertidas anécdotas vividas en su adolescencia durante la sesiones.

Si no sabe qué responder a las preguntas de este tipo que su hijo pueda formularle, sea sincero con él y trate de buscar la información en libros, folletos y artículos que aborden el tema en cuestión. No olvide que la decisión de ser honesto y sincero con su hijo depende enteramente de usted. Recuerde también que, ante todo, es necesario que le transmita la ternura y comprensión necesarias para que su hijo comprenda que siempre estará a su lado. Llegados a este punto, piense que ha hecho todo cuanto estaba en su mano, tranquilícese y confíe en que las futuras decisiones de su hijo serán las adecuadas.

El valor de la sinceridad

Educar a nuestros hijos en el valor de la honestidad y de la sinceridad les será útil para ser personas íntegras y para confiar en los demás. No sólo les ayudarán a consolidar sus relaciones interpersonales sino a tener el coraje de valorarse y valorar cualquier situación con honestidad, también a ser plenamente responsables de sus futuras decisiones. Pero ante todo, a disfrutar de la paz interior que el ser humano alcanza cuando es honesto y sincero consigo mismo.

Si los niños viven con ecuanimidad, aprenden qué es la justicia

Los niños tienden a ser bastante prácticos cuando tienen que definir la idea de «justicia». Para ellos «justo» significa «correcto», e «injusto», «incorrecto». Los niños están acostumbrados a participar activamente en juegos con reglas claras que definen lo correcto y lo incorrecto y hacen extensible este tipo de reglas a cualquier acción, situación o circunstancia. Por supuesto, las reglas de un juego no siempre coinciden con los principios morales que rigen la vida cotidiana, si bien, en alguna ocasión, más de uno desearíamos que existiera un libro de reglas vitales que informara en todo momento cuál es la forma correcta de actuar en determinadas circunstancias.

En tanto que adultos, estamos acostumbrados a los altibajos de la vida y al hecho de que las cosas no siempre suceden tal como desearíamos. El que la vida no es siempre justa es algo que nuestros hijos todavía tienen que descubrir y aprender. Cuando Sally, de siete años, se queja porque el vecino de enfrente ha hecho trampas al jugar al baloncesto y no considera justo que haya ganado, su madre tiene la tentación de responderle: «La vida no es justa...» Sin embargo, este tipo de respuesta no solucionará la preocupación de la niña. En su lugar, la madre debería hablar con la niña y preguntarle cómo se sintió al descubrir que el vecino jugaba saltándose las reglas preestablecidas. Si al responder a esta pregunta la madre presta atención a su hija, podrá gradualmente mantener una conversación más positiva y reflexiva que ayude a Sally a comprender cómo actuar en situaciones similares en el futuro.

Este tipo de conversaciones pueden también ayudar a aliviar la tensión que genera un desacuerdo entre los miembros de la familia, en especial entre hermanos. Un diálogo abierto permite a los miembros de la familia compartir sus particulares puntos de vista y a comprometerse a obrar o ver las cosas desde otra perspectiva la próxima vez. No obstante, a pesar de intentar ser justos e imparciales, nuestros hijos tienen que comprender que no siempre resulta fácil satisfacer a todos por igual.

Como padres, podemos incluso estar persuadidos de que nuestra idea de justicia es la correcta, pero debemos recordar que cada miembro de la familia piensa de distinta forma, que la definición de justicia es relativa, depende de las circunstancias, intereses y motivación del sujeto que la define. En este sentido, lo verdaderamente importante es que nuestros hijos comprendan que nuestra intención es ser justos y que estamos abiertos a dialogar con ellos acerca de sus ideas y sus problemas. Tomarse tiempo para escuchar a nuestros hijos, para ayudarles a clarificar sus sentimientos y animarles a poner en práctica sus proyectos es una forma de infundirles el valor de la justicia.

La equidad en el seno de la familia

Siempre que un padre me comenta que trata a sus hijos por igual, sé con certeza que, a pesar de su buena voluntad, es humanamente imposible. No obstante, si lo fuera, no es en absoluto lo deseable. Nuestros hijos necesitan de nosotros una atención específicamente proporcional a sus propias y únicas capacidades y debilidades. Lo que puede ser justo para nuestro hijo mayor, no necesariamente ha de serlo para el segundo o el tercero. Cada edad, cada necesidad, cada situación y cada personalidad precisan distintos enfoques.

A pesar de nuestro esfuerzo por tratar a nuestros hijos con equidad, la rivalidad entre hermanos es inevitable. Las peleas son aparentemente motivadas por un juguete, por la comida, por la asignación semanal o por ciertos privilegios especiales, pero a menudo el problema emerge cuando uno de los niños percibe cierto favoritismo hacia el otro por parte de los padres. Los niños son muy sensibles al modo como sus progenitores reparten entre los hermanos su energía, tiempo, interés y atención. El quid de la cuestión es que todos desean sentirse tan importantes y amados como sus hermanos.

Cuando un niño se queja porque considera que sus padres tratan con favoritismo a su hermano, sería conveniente que éstos se replantearan y reflexionaran sus verdaderos sentimientos y, por supuesto, su actitud. Es inevitable que los hermanos compitan entre ellos y se comparen constantemente. Sin embargo, hemos de asegurarnos de que en ningún momento alentamos inconscientemente una atmósfera de rivalidad en el hogar. A veces, las más inocuas estrategias para conseguir que los niños hagan las tareas domésticas o escolares pueden generar efectos negativos en la autoestima de nuestros hijos. Por ejemplo, animar a los hermanos a que compitan para conseguir un récord o para comprobar quién termina antes los deberes de la escuela, puede crear una atmósfera de tensión y rivalidad innecesarias. «Ganar», «perder», «ser el primero» o «ser el último» son palabras que pertenecen al argot deportivo, pero inapropiadas en el seno de la familia. En tanto que padres, deseamos que los hermanos y hermanas evalúen su propia conducta y capacidades, pero no para que se comparen mutuamente sino para superarse a sí mismos.

Una buena técnica para contrarrestar los sentimientos de favoritismo es dedicar tiempo a cada uno de nuestros hijos de forma individual. Una pareja que conozco tiene tres hijos, de cuatro, seis y ocho años de edad. Los padres han convenido invitar a desayunar fuera de casa a cada uno de sus hijos por separado. Sentarse a la mesa de una cafetería y compartir a solas con cada niño el desayuno, les brinda la oportunidad de estar juntos y de conversar sin ser molestados por las inevitables distracciones propias del hogar. Gracias a estas charlas, el niño siente que, aunque sólo sea durante un par de horas, el padre, o la madre, le pertenece sólo a él porque le está prestando toda su atención. Este tipo de diálogo es especialmente importante porque sentará las bases de la comunicación abierta y sincera necesaria durante la adolescencia de nuestros hijos. Al margen del tema de conversación —la escuela, la relación con sus hermanos y amigos, etc.— el mensaje que el niño recibe de sus padres es: «Nos importas y nos preocupamos por tus sentimientos.» Aunque no es necesario ir a comer a un restaurante sí es imprescindible cambiar el escenario familiar para potenciar la relación interpersonal entre los padres y el niño (visitar un museo, dar un paseo o ir a pescar también funciona). Lo verdaderamente importante es que el niño perciba que le estamos prestando una atención individualizada y personal, que durante unas horas hemos decidido pasar nuestro tiempo única y exclusivamente con él.

Dialogar abiertamente

Para que nuestros hijos aprendan que pueden dialogar abiertamente cuando consideren que una situación o acción no es justa (tanto en la escuela, en el vecindario o, más adelante, en el trabajo), han de empezar primero a practicar cómo expresar sus sentimientos con nosotros. Si respetamos sus protestas respecto a algo que no creen justo en el seno de su propia familia, aprenderán a contribuir a que las cosas mejoren.

—Me tratáis como un bebé —protesta Andy, de nueve años—. Mis amigos se acuestan a la hora que quieren.

—¿A la hora que quieren? —repite el padre, no dando crédito a las palabras de su hijo.

—Está bien, mucho más tarde que yo —puntualiza Andy.

—¿A quién tengo que llamar veinte veces por la mañana para que se levante y no llegue tarde a la escuela? —interviene la madre.

—A mí... —admite Andy.

—Es obvio, pues, que necesitas dormir, por lo menos, ocho horas diarias —comenta el padre.

—¿Y los fines de semana? —pregunta Andy.

—Bueno, los fines de semana es distinto. Si quieres, podemos hablar del horario del fin de semana —dice la madre—. ¿Hasta qué hora crees que deberías quedarte levantado los viernes y sábados? —Al emplear «deberías», en lugar de «desear o querer», la madre está tratando de animar a Andy a juzgar correctamente el asunto. De este modo, además de dar más relevancia a la negociación, lo está ayudando a tomar una decisión responsable.

—Puesto que necesito dormir por lo menos, ocho horas diarias, yo diría que... —comenta el niño, y calcula la hora exacta.

—De acuerdo —asiente el padre.

—¡Genial! —exclama Andy, orgulloso de haber intervenido para cambiar una situación familiar que no le parecía justa.

Cuando nuestros hijos consideran que una de las reglas establecidas en la familia no es justa, es importante que les permitamos, e incluso les animemos, a cuestionarla. Si no nos tomamos sus sentimientos seriamente y no respetamos su derecho a expresarse abiertamente, podemos generar en ellos resentimiento hacia nosotros. Acatarán nuestra autoridad, pero lo harán sin estar convencidos de ello y nuestra relación con ellos se verá perjudicada. Hemos de ser flexibles por lo que a las reglas familiares se refiere y animar a nuestros hijos a pronunciarse cuando crean que éstas son injustas. Dicha flexibilidad les ayudará a desarrollar una actitud positiva ante las posibles injusticias de las que, inevitablemente, serán testigos en su vida futura.

Betsy acaba de llegar de la escuela y parece muy alterada.

—La profesora no me hace el menor caso —se queja con los

ojos llenos de lágrimas—. Cuando levanto la mano para contestar a sus preguntas, me ignora...

—¿A quién acostumbra decir que responda? —pregunta la madre.

—Siempre permite que sean los chicos los que hablen, aunque ella sabe que no tienen la menor idea...

—¿Sólo a los chicos?

—Bueno, a veces también deja que alguna niña intervenga, pero casi siempre nos ignora.

—No me parece justo... —comenta la madre, y pregunta—: ¿Qué crees que podemos hacer al respecto?

—Podrías escribirle una nota —sugiere Betsy.

—Sí, podría hacerlo. ¿Alguna sugerencia más?

—Podrías ir a la escuela y hablar con ella —responde la niña.

—Esta idea me gusta mucho más. Mañana solicitaré una entrevista con tu profesora y así podremos hablar las tres del tema. ¿Qué te parece?

Con esta actitud, la madre no sólo está abogando por su hija, también le está enseñando a comprender que puede tomar parte activa a la hora de intentar solucionar una situación injusta. Con el apoyo de su madre, Betsy está aprendiendo a valorarse a sí misma.

Pasar a la acción

Es inevitable que nuestros hijos sean víctimas o testigos de la injusticia. En algunas ocasiones la sufrirán en su propia piel: cuando un profesor o un entrenador deportivo muestren favoritismo por otros compañeros, o incluso si éstos se burlan o son crueles con ellos; en otras, serán ellos quienes luchen por defender los derechos de aquellos que son maltratados. Si estan acostumbrados a combatir la injusticia con éxito en sus propios hogares, tendrán más posibilidades de defenderse y defender a los demás de los posibles problemas ajenos a la familia.

De camino a la escuela, Michael, de diez años, advierte que un grupo de chicos de su clase están acorralando a otro. Al pasar frente a ellos, descubre que están agrediendo verbalmente al chico porque, además de no pertenecer a su pandilla, es de color.

Michael parece nervioso y no está seguro de lo que debe hacer. Sin embargo, sin pensarlo dos veces, se acerca al grupo y llama al chico que está siendo maltratado.

—¡Vamos, Tom! —exclama—, es hora de ir a clase.

Ante la inesperada reacción de Michael, los niños del grupito, sorprendidos, dejan de abuchear a Tom, que aprovecha la confusión de sus agresores para correr hacia su defensor.

Se necesita coraje para reaccionar como Michael, y en especial cuando alguien decide enfrentarse a un colectivo. Para Michael hubiera sido más cómodo no inmiscuirse en el asunto o solicitar la intervención de un profesor. Es posible que sus padres nunca tengan conocimiento del incidente y de cómo su hijo intervino en defensa de su compañero (hay niños que no suelen explicar a sus padres experiencias de este tipo). No obstante, si los padres de Michael lo supieran, se sentirían orgullosos de comprobar que su hijo posee un auténtico sentido de la justicia, que considera que todos tienen derecho de ser tratados con ecuanimidad y que, en consecuencia, no tiene miedo de correr riesgos para ayudar a alguien que tiene problemas.

Si los niños se enfrentan a la injusticia a gran escala, hemos de enseñarles a comprender lo difícil que resulta erradicarla.

Stella, una adolescente de trece años, y sus padres están viendo un informativo especial en la televisión. El tema principal es hacer públicas las malas condiciones en que viven los inmigrantes que trabajan como recolectores de fruta y las dificultades que tienen al iniciar una nueva vida en un país extranjero a causa de los bajos salarios que cobran.

—¡No es justo! —exclama Stella, conmovida por las imágenes que acaba de ver—. ¿Cómo pueden vivir así? Esos granjeros deberían construir mejores instalaciones donde esa gente pudiera vivir mejor y pagarles más. A veces yo también trabajo más de una hora cuando cuido los niños de la señora Simmons y sólo me paga una...

Ante el comentario de Stella, los padres guardan silencio durante unos minutos.

—Estás en lo cierto, cariño —comenta la madre—. La situación de esa pobre gente es terrible y me alegra comprobar que te preocupas por ellos. Aunque me entristezca tener que admitirlo, hay mucha injusticia en este mundo.

—Pero, ¿no hay nadie que pueda hacer algo al respecto? —insiste Stella—. ¿No podría el gobierno ordenar a esos granjeros que traten mejor a sus trabajadores?

—Éste es un buen argumento. De hecho, creo que el gobierno ya está trabajando por encontrar una solución legislativa. Entretanto, ¿qué crees que podríamos hacer para ayudarles? —sugiere la madre.

—No tengo la menor idea, ¡están tan lejos de aquí! —Stella reflexiona unos segundos, y a continuación sugiere—: Podríamos mandarles dinero y ropa...

—Eso estaría bien —tercia el padre—. Quizá exista una organización humanitaria que se encarga de hacerlo. ¿Sabías que en la ciudad hay un centro de acogida para personas sin hogar y que existe una organización llamada Cruz Roja que ayuda a las personas desvalidas? Podríamos llamar al número de información del programa para pedir información.

—¡Buena idea! —exclama la madre, y dirigiéndose a su hija pregunta—: Si existe una organización que se dedica a ayudar a estas personas, ¿estarías dispuesta a colaborar monetariamente con ellos, Stella?

—¿Quieres decir... con *mi* dinero? —titubea Stella.

—¡Por supuesto! —responde la madre, y luego añade—: Si

te comprometes a hacer un donativo, yo también participaré en la aportación. Es más, doblaré tu cantidad.

Stella baja la mirada y permanece en silencio con gesto pensativo.

—Cariño —dice el padre con ternura—, ayudar a los desvalidos implica sacrificarse por ellos.

—En tal caso... —responde Stella— supongo que podría donar mi asignación semanal.

—¡Estupenda decisión! —exclama el padre—. No perdamos más tiempo, llamemos ahora mismo pidiendo información.

—Estoy muy orgullosa de ti, Stella —comenta la madre con una sonrisa.

Con la ayuda de sus padres, y en la medida de sus posiblidades, Stella ha iniciado su primer paso en pos de la lucha por los derechos humanos. En lugar de sentir sólo compasión por los desvalidos, ha aprendido a comprometerse activamente para intentar mejorar un problema social que nos incumbe a todos.

La justicia como ideal

La justicia es uno de los valores morales más importantes de la humanidad. Sin embargo, el sentido de ecuanimidad de nuestros hijos debe despertar tratando de solucionar las pequeñas injusticias cotidianas. Si respetamos su preocupación por ser tratados con justicia en el hogar o en la escuela, consolidarán las bases necesarias para comportarse respetuosamente con los demás. Extrapolar sus propios derechos a los de los demás supone para ellos un gran salto conceptual pero, con nuestra ayuda, serán conscientes de que la construcción de un mundo justo es una misión que nos compete a todos, el reto más importante de la humanidad.

Si los niños viven con amabilidad y consideración, aprenden a respetar a los demás

A los niños no se les puede enseñar a ser respetuosos. Podemos enseñarles a ser amables y a mostrar una actitud respetuosa hacia los demás, pero no el auténtico valor del respeto, que más que una predisposición es un sentimiento. Los niños aprenden a respetar a los demás cuando observan que sus padres tratan a los miembros de la familia y a ellos mismos con amabilidad, consideración y respeto.

La amabilidad y la consideración son dos características inherentes al respeto. Una sonrisa, un gesto sincero de aprobación, una palabra comprensiva a tiempo o un tierno abrazo son gestos cotidianos donde descubrimos estas dos cualidades. El deseo de entrega a los demás, y en especial a nuestros hijos, les enseña cómo respetar a sus semejantes. A través de nuestro ejemplo, podemos mostrarles que el respeto implica aceptar a los demás tal como son, ser consciente de que sus necesidades son tan importantes como las nuestras y que, a veces, hemos de anteponer las suyas a las nuestras. Cuando advirtamos que nuestros hijos se muestran respetuosos con los demás a pequeña escala —al tratar con cariño a los animales o siendo pacientes con sus hermanos pequeños—, debemos premiarles por su consideración, reforzar su comportamiento y animarles a continuar creciendo en esta dirección.

En tanto que cualidades, consolidar y madurar la amabilidad y la consideración lleva su tiempo. Debemos admitir que, en ocasiones, no nos comportamos respetuosamente con nuestros hijos o con los demás. Reconocer nuestras faltas, pedir disculpas por haber herido los sentimientos de alguien y tratar de ser más conscientes de ello en el futuro, ayuda a paliar el dolor que hayamos causado a los demás y a ser mejores. Con esta actitud mostramos a nuestros hijos que respetar a los demás es un proceso gradual y sin fin en el que todos, adultos y niños, estamos implicados.

Pensar en los demás

Es natural que los niños, a ciertas edades, sean egoístas y sólo se preocupen por sí mismos. Hasta los dos años y medio creen que el mundo gira en torno a ellos y que los demás existen sólo para satisfacer sus necesidades. Este egocentrismo es propio de su edad. La comprensión consciente de que los demás también tienen sus propias necesidades es adquirida lenta y gradualmente a medida que van creciendo y madurando. No obstante, que adquieran la capacidad de equilibrar las necesidades propias con las de los demás es, si cabe, mucho más lento y difícil de asimilar.

Es posible que los instantes más sutiles de nuestra misión como padres en este sentido acontezcan en el momento más inesperado, fruto de situaciones espontáneas que nos brindan la oportunidad de enseñarles a ser amables con los demás. Así pues, tenemos que estar alerta a esos momentos y utilizarlos para guiar a nuestros hijos.

Recientemente, mientras compraba en una tienda, advertí la presencia de una madre acompañada por sus dos hijos, de cuatro y ocho años aproximadamente. Los niños estaban entretenidos apilando las latas de comida para gato cuando, de pronto, a una anciana le resbaló el bolso de la mano y todo su contenido se esparció por el suelo. Sin pensarlo dos veces, el niño mayor dejó de jugar y se acercó a la anciana para ayudarla. El más jovencito siguió enfrascado con las latas hasta que la madre se acercó a él y rozó su brazo para llamar su atención. Cuando el niño dejó de jugar, advirtió que su madre dirigía su mirada hacia la anciana y, de inmediato, comprendió que también debía ayudarla. De una forma sutil, la madre había enseñado a su hijo una valiosa lección: cómo tratar a los demás con amabilidad y consideración.

Otra estrategia para enseñar a los niños a mostrar amabilidad y consideración hacia los demás es representar con ellos, a modo de juego, situaciones imaginarias.

Mientras Kenny, de cuatro años, y su madre ponen en orden la habitación del niño antes de acostarse, ella toma el osito de peluche, lo mete en la cama y lo arropa y acaricia con ternura.

—Apuesto a que ahora el señor Oso debe estar muy cómodo y calentito —comenta con satisfacción.

—Buenas noches, señor Oso —susurra Kenny acariciando la oreja del muñeco.

La madre sabe que Kenny siente mucho cariño por su osito y es posible que, inconscientemente, haya decidido actuar con amabilidad y consideración con el muñeco para que su hijo advierta cuál debe ser nuestro trato con los demás. Kenny es feliz porque su madre ha penetrado en su mundo imaginario y ha mostrado interés con su juguete favorito.

Ayudar a nuestros hijos a desarrollar un profundo sentido del respeto y la empatía haciéndoles imaginar cómo ha de sentirse otro niño en determinada situación, es otra buena técnica a poner en práctica.

En mitad de un enfrascado juego de mesa, Jenny y María, ambas de siete años, empiezan a discutir. De pronto, María se levanta de la silla y abandona la casa. Confusa y enojada, Jenny se dirige a la cocina para hablar con su madre.

—María tiene muy mal genio —comenta—. Se ha ido porque estaba perdiendo.

—Qué extraño. A María le encanta jugar contigo. ¿Qué ha pasado exactamente?

La niña explica lo ocurrido y finalmente culpa a su amiga del incidente.

—Lamento que el juego haya terminado tan mal... —dice la madre con tono reflexivo, y añade—: Me pregunto cómo se siente María en este momento.

—Bueno, a decir verdad... —titubea la niña, perpleja por el comentario de su madre—, no tengo la menor idea. —Mira a su madre con gesto pensativo y dice—: Quizá debería llamarla por teléfono.

Al conversar acerca de lo ocurrido, ambas niñas comprenden que tanto la una como la otra propiciaron el incidente y que, hasta cierto punto, las dos tenían razón. El diálogo abierto entre ambas ha desvanecido la hostilidad y al día siguiente podrán jugar como de costumbre. No obstante, habrán aprendido algo: en el juego y en la vida, hay que respetar a los demás.

Los oportunos comentarios de la madre han ayudado a Jenny a ponerse en el lugar de Mary y a considerar el punto de vista y sentimientos de su amiga. La preocupación de la madre por Mary ha animado a Jenny a sentir empatía por aquélla, un valor que sin duda consolidará una larga amistad entre ambas niñas.

Estas lecciones, en apariencia tan sencillas, no son en absoluto obvias ni tan fáciles de enseñar. En este sentido, si no ayudamos a nuestros hijos a esforzarse por cultivar las relaciones con sus amigos mientras crecen, tendrán serias dificultades a la hora de relacionarse con los demás a lo largo de su vida.

Comunicar respeto

O tra forma de expresar nuestro respeto hacia los demás es siendo amables y considerados cuando hablamos con alguien (tanto por lo que a la forma de expresar nuestras palabras se refiere, cuanto al contenido de éstas). «Por favor, cariño. ¿Te importaría cerrar la caja de acuarelas de tu hermano? Gracias, eres muy amable», transmite un mensaje muy distinto a: «La caja de acuarelas de tu hermano está abierta. Ciérrala, cariño, de lo contrario las pinturas se secarán y la próxima vez, tu hermano no podrá pintar con ellas.» En el segundo caso, el niño está recibiendo más información por parte de su madre, así como un mensaje implícito: es importante respetar los materiales con que trabajamos, en especial si no son propios.

Cuando tengamos que comunicar a nuestros hijos lo que esperamos de ellos, debemos hacerlo respetando tanto su identidad como sus sentimientos. Por ejemplo, si la madre o el padre tienen que trabajar durante toda la tarde en casa, lo mejor es advertirlo con tiempo a los niños para que se concentren en actividades que no les molesten mientras están ocupados. Prever y comunicarlo de antemano brinda la posibilidad a los niños de ayudar a su progenitor siendo considerados con sus necesidades. Esta estrategia es más efectiva que pasar la tarde gritándoles para que no hagan ruido sin darles ninguna explicación al respecto.

Otra forma de animar a nuestros hijos a manifestar su ternura y consideración es reconociendo explícitamente una conducta que refleje dichas cualidades. Matthew, de cinco años, está ayudando a su hermanita pequeña a colocar correctamente las piezas del rompecabezas de madera que intenta montar. «Gracias, Matthew. Es muy amable de tu parte que ayudes a tu hermanita a montar el rompecabezas. Es demasiado pequeña para hacerlo ella sola.» Advirtiendo y reforzando con sus palabras la amabilidad que muestra hacia su hermana, el padre de Matthew está consolidando en el niño dicha actitud.

El respeto mutuo

Todos los miembros de la familia tienen derecho a ser respetados, tanto por lo que a sus posesiones se refiere como a su intimidad. El valor y cuidado que demos a nuestras pertenencias contribuirá a que nuestros hijos sean o no cuidadosos. Los niños observan y perciben la actitud que mostramos hacia nuestras cosas, si dejamos la ropa por el suelo, las herramientas en el jardín, golpeamos las puertas al cerrarlas, etc., y siguen nuestros pasos.

Pero no sólo nuestras pertenencias merecen nuestro respeto, también las que usa el resto de la familia. No importa cuán modesta sea nuestra casa o cuán numerosa sea la familia, los niños tienen derecho a esperar de nosotros y de sus hermanos el debido respeto por sus posesiones personales y no debemos usarlas sin pedirles permiso.

Además de respetar las pertenencias de nuestros hijos, también debemos respetar su derecho a la privacidad. Cuando son pequeños necesitan que les ayudemos a vestirse y bañarse. Sin embargo, a medida que van creciendo, gradualmente aprenden a hacerlo solos y, mientras lo hacen, desarrollan cierto sentido de pudor y necesitan una mayor intimidad.

Los niños deberían saber que tienen derecho a su privacidad, así como a solicitarla al resto de la familia. De igual modo, también deben aprender a respetar la privacidad de los demás: por ejemplo, a llamar a la puerta antes de entrar en una habitación. De esta forma, los padres también ejercemos y nos procuramos nuestro derecho propio a disfrutar de nuestra intimidad.

Los preadolescentes, especialmente las niñas, necesitan nuestro apoyo y comprensión cuando empiezan a madurar. Al advertir los cambios físicos de su cuerpo, es posible que sientan un repentino deseo de defender su privacidad, un deseo que toda la familia tiene que respetar.

Si un hermano o hermana, incluso una tía o un tío, hace comentarios jocosos respecto a la repentina modestia que muestra la niña, debemos hacer hincapié en lo importante que es para ella su intimidad y explicarle que, durante este período, necesita, más que nunca, nuestro apoyo y compren-

s razones»

s influye en la actitud de
ien los padres entre sí. El
sen será el mejor ejemplo
e entraña dicho valor. No
rca del respeto, el más efi-
nte o inconscientemente,

elas de ocho años, no han
l. Fuera de sus casillas, fi-

No puedo soportarlo más!
y guardan silencio.
cutir ni un segundo —re-

nadre se queda sin habla.
palabras de su hija le han

os comportamos y dirigi-
e voz, nuestras actitudes y

emociones. Lo importante no es evitar discutir delante de los niños, sino cómo resolvemos nuestros desacuerdos, cómo nos comunicamos mutuamente para aclarar malentendidos y cómo respondemos a las necesidades del otro.

Incluso los pequeños gestos que denotan ternura, amabilidad y consideración por nuestra pareja son advertidos por nuestros hijos y conservados por ellos como modelo a mimetizar a la hora de manifestar su amor a los demás. Los convencionalismos sociales: «Por favor», «Gracias», «De nada» y demás expresiones que implican respeto, son sin duda algo más que fórmulas de urbanidad, son la base sobre las que se asienta el respeto por uno mismo y por los demás.

Respetar las diferencias

Debemos educar a nuestros hijos para que aprendan a compartir su mundo con gente de distintas razas, costumbres y credos. Si en la familia se respira una atmósfera de amabilidad, consideración y tolerancia por las diferencias individuales, estarán preparados para respetar los derechos y las necesidades de los demás. A medida que van madurando, nuestro mayor deseo es que sepan reconocer en los demás la humanidad inherente que nos caracteriza a todos. Al margen de nuestras diferencias, los seres humanos compartimos los mismos sueños y deseos. Así pues, hemos de educar a nuestros hijos para que sepan descubrir que nuestras necesidades físicas, emocionales y espirituales son muy similares.

Si al entrar a formar parte del mundo que nos rodea, saben honrar, respetar y valorar la dignidad de los demás, serán honrados, respetados y valorados. Crecer en una atmósfera donde la consideración y la preocupación por los demás forman parte activa de la vida cotidiana favorece el respeto y la tolerancia. A lo largo de los siglos, los grandes maestros de todas las religiones han coincidido en destacar que con nuestros amables y pequeños gestos cotidianos dejamos nuestra impronta en la escuela de la vida.

Si los niños viven con seguridad, aprenden a tener fe en sí mismos y en los demás

En tanto que padres, somos los primeros guardianes morales de la confianza de nuestros hijos. Para ellos, sentirse seguros es sabernos siempre a su lado. Cuando nuestros hijos son conscientes de que pueden contar con nosotros para responder a sus necesidades, valorar sus sentimientos y respetarles, aprenden a confiar en nosotros. En definitiva, si se sienten seguros y reciben nuestro apoyo incondicional, desarrollarán la fe en sí mismos.

Hace tiempo asistí a un recital de piano donde presencié la actuación de un brillante chico, de diez años de edad, que interpretó una de las piezas de *El cascanueces*. Al parecer, el niño no había practicado bastante, hecho que él mismo manifestó al bajar la cabeza tras finalizar su actuación, a pesar de los aplausos del público. Tras abandonar el escenario, el chico corrió hacia su madre, acomodada entre el público, y se sentó sobre sus rodillas. En silencio y mientras ambos escuchaban las dos últimas interpretaciones de la velada, la madre abrazó a su hijo con ternura y comprensión.

Dudo mucho que hoy en día el niño, que ya es todo un muchacho, siga sentándose en las rodillas de su madre cuando tiene alguna decepción. He sabido que la madre es muy estricta con la carrera musical de su hijo y que insiste en que practique diariamente para hacer del muchacho un virtuoso. No obstante, aquella noche no pareció importarle el fracaso de su hijo. El mensaje que el niño recibió al sentir el cálido abrazo de su madre fue positivo y confortador: «A pesar de todo, estoy a tu lado. No me importa mostrar mi amor por ti públicamente. Te quiero.»

Nuestros hijos necesitan saber que siempre estaremos a su lado y que nuestro apoyo moral no depende en absoluto de sus éxitos o fracasos; estamos siempre a su lado porque les queremos.

Vivir con fe

La fe es una palabra con claras connotaciones religiosas o espirituales que describe la creencia en Dios o en la energía que rige el universo. La fe puede abrazarse y considerarse desde diversas perspectivas. Hay personas que no se consideran religiosas y sin embargo comprenden el significado de la fe subjetivamente: para ellos la fe es un soporte espiritual. Suele decirse que las personas que tienen fe en un principio superior y trascendente controlan mucho mejor el estrés vital que aquellas que no creen en nada. Definamos la fe ampliamente: una actitud propia del ser humano que tiene seguridad en sus propias creencias y valores. Esta característica inherente a la bondad de la humanidad es de vital importancia para afrontar la vida con optimismo y confianza en los demás.

Una red de seguridad

Los niños desarrollan la fe en sí mismos de forma gradual a lo largo de los años. Desde el momento que un niño exclama «Lo haré yo solo», la confianza emerge en su interior. Nuestra tarea como padres es brindar a nuestros hijos la posibilidad de comprobar sus capacidades, experimentar nuevas experiencias y descubrir nuevos horizontes.

No obstante, también debemos saber equilibrar la balanza. Para que nuestros hijos se sientan seguros, debemos permitir que experimenten y aprendan por sí solos (incluso que cometan errores), y al mismo tiempo estar siempre a su disposición para animarles, guiarles y ayudarles.

Nicholas, de cinco años, acaba de meterse en la cama. Mientras su madre le arropa con ternura, el niño comenta:

—Me gustaría que desmontaras las ruedecillas de entrenamiento de mi bicicleta, ¿de acuerdo?

—Por supuesto, cariño —asiente la madre.

Al día siguiente, tal como había convenido su hijo, la madre destornilla las ruedecillas. Sin embargo, montar en bicicleta no es tan sencillo como Nicholas pensaba porque, cuando la madre deja de sujetar el sillín, tiene que mantener el equilibrio y pedalear a la vez.

Por la noche, cuando la madre entra en su habitación para darle las buenas noches, Nicholas balbucea:

—¿Podrás atornillar de nuevo las ruedecillas en mi bicicleta?

—Por supuesto, pero mañana.

A la mañana siguiente, antes de que su madre instale de nuevo las ruedecillas, le pregunta:

—¿Quieres intentarlo una vez más?

—De acuerdo —accede Nicholas, que parece más tranquilo que el día anterior.

A decir verdad, por el tono informal de su madre al sugerirle que lo intente de nuevo, el niño ha comprendido que no tiene nada que perder. La madre ha sabido equilibrar la situación: ha aceptado volver a colocar las ruedecillas de entrenamiento, pero también le ha retado a intentarlo una vez más. La madre no ha presionado para que el niño demostrara su coraje cuando todavía no estaba preparado, pero le ha ayudado a enfrentarse a la situación.

Así pues, Nicholas monta en la bicicleta y... despega. Sus esfuerzos por mantener el equilibrio se reflejan en su cara sudorosa y la expresión de pánico. ¿Perderá el equilibrio y caerá al suelo? Por supuesto que sí, y no sólo una sino muchas veces. Sin embargo, cuando se encuentre en el suelo, el niño sentirá el coraje de volver a montar en la bicicleta, porque la madre indirectamente le ha ayudado a tener fe en sí mismo.

Previsible, fiable o consecuente

Nuestros hijos confían en nosotros y tienen fe en que cumpliremos nuestra palabra. Así, cuando les prometemos hacer algo y somos conscientes de no poder hacerlo, lo mejor es ser sinceros y decirles la verdad. Si acostumbramos a no fallarles, no perderán la confianza que depositan en nuestra palabra.

A lo largo de los años, son cientos las promesas que hacemos a nuestros hijos. Es posible que nosotros no las consideremos como tales, pero ellos sí. Si les decimos que pasaremos por la escuela a cierta hora, esperan que cumplamos nuestra palabra. No obstante, si solemos retrasarnos, nuestros hijos creerán que no pueden confiar en nosotros y, con todo derecho, se sentirán decepcionados.

Cuando no podemos llegar a la escuela a tiempo porque en el último minuto nos ha surgido un imprevisto, lo mejor es telefonear para que la recepcionista del centro explique al niño la razón de nuestro retraso. Debemos mostrar a nuestros hijos la misma consideración y respeto que tendríamos con un cliente o con nuestro jefe. Los niños que aguardan sentados en el vestíbulo de la escuela, que siempre son los últimos en abandonar el centro, acostumbran a reflejar la tristeza en su rostro.

Recientemente escuché la conversación de un grupo de niñas de cuarto curso. Planeaban ir al cine el sábado por la tarde.

«Si queremos llegar a tiempo, será mejor que conduzca tu madre», sugirió una, y las otras tres asintieron con la cabeza. Era evidente que todas sabían qué madre era la más fiable.

«Fiabilidad» no es sinónimo de «aburrimiento»

Es importante que nuestros hijos vivan en una atmósfera de seguridad. Las experiencias a que tendrán que enfrentarse en su vida serán más llevaderas si tienen como punto de referencia un hogar predecible donde se sientan seguros y al margen de cualquier imprevisto.

Es sábado y la tía de Elaine ha cenado en casa. Sobre las ocho de la tarde, la joven pregunta:

—¿Quién quiere ir al cine?

—¡Yo! ¡Yo! —exclama Elaine, de once años, con entusiasmo.

—Me temo que ya es muy tarde —comenta la madre—. El último pase de la tarde suele ser a las siete.

Sin perder la esperanza, la niña mira a su madre con una expresión de súplica en sus ojos.

—Estás en lo cierto —asiente la tía—. Sin embargo, podemos comprar entradas para la sesión nocturna. Si nos vamos ahora, podemos dar un paseo por el centro comercial y quizá tomar un helado antes de entrar al cine.

—¿Para la sesión nocturna? —interviene el padre. Aunque su primera reacción es oponerse, decide no hacerlo. Elaine se acostará más tarde que de costumbre, pero a la mañana siguiente no tiene que ir a la escuela y además salir con su tía será una buena ocasión para que consolide una buena relación con ella—. ¿Por qué no? —pregunta mirando a su esposa con complicidad—. A fin de cuentas, mañana es domingo.

—Está bien —accede la madre—, pero regresad tan pronto termine la película. ¡Que os divirtáis!

La rutina familiar es necesaria para que los niños se sientan seguros en su hogar. Sin embargo, hay ocasiones en las que debemos permitirles alterarla. De vez en cuando es positivo hacer cosas extraordinarias que, por lo demás, recordarán siempre.

Elaine regresa a casa pasada la medianoche. Jamás había salido hasta tan tarde y parece muy feliz.

—El aire de la noche huele muy bien —comenta antes de acostarse y, tras besar a sus padres, les agradece haberla dejado salir.

La confianza es creer en uno mismo

N uestros hijos necesitan tener fe en sí mismos. Si dudan de sus propias decisiones o no tienen confianza en sí mismos, les resultará muy difícil enfrentarse al futuro. Así pues, lo primero que debemos hacer para potenciar su autoestima es depositar toda nuestra confianza en ellos.

Andrew, de diez años, acaba de llamar a sus padres desde el campamento donde está pasando las vacaciones estivales. Tras saludar a su padre, le comenta que tiene problemas con uno de los chicos que comparten su habitación.

—Me pidió que fuera su compañero de canoa, pero cuando bajamos al lago decidió navegar con otro niño... —se queja Andrew, y añade—: Ayer le presté mi navaja multiusos y todavía no me la ha devuelto. Además, ¿sabes lo que dice de mí? Que cuando corro parezco un pato mareado.

Al oír la voz de su hijo, que está a más de doscientos kilómetros de casa, el padre está tentado de subir al coche e ir a hablar con el director del campamento. Sin embargo, es consciente de que hacerlo sería absurdo y, por supuesto, poco educativo para su hijo. Tras guardar silencio durante unos segundos, respira profundamente y pregunta:

—¿Cómo vas a solucionar el problema?

—Bueno... —contesta Andrew—, ayer navegué con otro niño y hemos decidido formar un equipo. Además, aunque corra como un pato mareado, debo de ser un pato muy rápido, porque en la carrera de cien metros he quedado en tercer lugar.

—¡Te felicito! —exclama el padre.

—Esta noche, cuando estemos en la habitación, le pediré mi navaja. La necesito para la excursión de mañana. Si no me la devuelve, hablaré con mi tutor.

A tenor de las palabras de su hijo, el padre sabe que Andrew tiene confianza en sí mismo y que sabrá solventar la situación. Aunque pueda parecernos obvio, hay niños que, en lugar de enfrentarse al problema, lo ignorarían porque no tienen fe en sí mismos.

Como padres, deseamos que nuestros hijos tengan confianza en sí mismos y en los demás. Y aunque les eduquemos para esperar lo mejor de los demás, también hemos de enseñarles a reconocer cuándo el comportamiento de éstos es inaceptable.

Fe en el futuro

Aunque somos conscientes de que nuestros hijos tendrán que abandonar el nido familiar en el futuro, si les educamos en el valor de la seguridad durante su infancia, serán adultos con confianza y fe en sí mismos. Al ayudarles a creer en sus posibilidades, les brindamos la confianza necesaria para relacionarse positivamente con los demás y para ser buenos padres con sus hijos, nuestros nietos.

Sin duda éste es el mejor regalo que podemos ofrecer a nuestros hijos. La fe en sí mismos les guiará a la hora de planificar su futuro, a ser responsables y a confiar en sus propias decisiones; la fe en los demás les permitirá enamorarse, comprometerse con los demás y formar su propia familia.

Si no tienen confianza interior y no potenciamos su autoestima, nuestros hijos tendrán serias dificultades cuando tengan que enfrentarse a los retos de la vida y, por supuesto, no sabrán disfrutarla plenamente. Por el contrario, si confían en sí mismos, en sus capacidades, coraje y fuerza de voluntad, potencialmente podrán llevar a cabo con éxito todos sus proyectos.

Así pues, debemos proporcionarles las bases para consolidar su autoestima. Aunque se trate de una seria responsabilidad, es indispensable y necesaria. Todo cuanto debemos hacer es creer y confiar en ellos, en sus buenas intenciones y, por supuesto, transmitirles dicha confianza. Lo demás corre de su cuenta.

Si los niños viven con afecto, aprenden que el mundo es un maravilloso lugar donde vivir

La familia es el primer contacto que nuestros hijos tienen con el mundo. A través de las experiencias, en apariencia insignificantes, de la vida cotidiana familiar, aprenden de nosotros qué valorar y cómo comportarse. En efecto, cuando menos conscientes somos de ello, nuestros hijos, para los que siempre somos un modelo a imitar, aprenden de nosotros los valores que vivimos.

¿Cuánto amor y afecto se respira en el mundo familiar que les ofrecemos? ¿Les hablamos con la educación y cortesía que merecen? Al margen de nuestras expectativas, ¿les respetamos tal como son? ¿Les otorgamos el beneficio de la duda y depositamos en ellos nuestra confianza? ¿Nos interesamos por compartir sus deseos, sueños e intereses?

Un entorno familiar afectuoso es un entorno donde se reconoce, elogia, anima, valora y refuerza el esfuerzo de los niños, donde se toleran los errores, las limitaciones y las diferencias personales, donde los niños son tratados con justicia, paciencia, comprensión, ternura y consideración. Si bien es cierto que hay momentos en que hemos de ejercer la autoridad paterna, debemos hacerlo con afecto y ternura. Crear un entorno familiar donde, a pesar de los límites establecidos, reine el respeto y el apoyo incondicionales, depende enteramente de nosotros.

La vida familiar cotidiana consolida el modelo que nuestros hijos recrearán en sus hogares cuando sean adultos. Nuestro mayor deseo, en tanto que padres, es mantener con ellos una relación sana, suficientemente flexible para sobrellevar las fricciones inevitables y suficientemente sólida para ser un ejemplo a seguir en su adultez. Deseamos que disfruten de las fiestas y celebraciones familiares, en especial tras haber formado su propia familia; que crezcan teniendo una visión positiva de la vida que les ayude a encontrar su lugar en el mundo y a disfrutarlo.

Formar parte del equipo

A menudo damos por supuesta la interacción cotidiana propia de la vida familiar. A pesar de ser habitual, dicha interacción es de vital importancia, pues constituye la base del buen desarrollo de una de las capacidades inherentes al ser humano: relacionarnos con los demás. Si los padres son el modelo que conforma la personalidad de los hijos, la familia lo es de la unidad social. En este sentido, las situaciones que nuestros hijos vivirán en el vecindario, la escuela, el trabajo y en sus comunidades serán similares a las que, de hecho, viven dentro de la familia. Al negociar y aprender a compartir el cuarto de baño, el ordenador, la televisión o el coche familiar, comprendemos el verdadero significado del valor de la responsabilidad y cómo nos apoyamos y confiamos en los demás.

Tomemos como ejemplo la tarea de ordenar la casa tras la cena anual de Acción de Gracias. Después de desayunar, la tarea doméstica asignada a Joey, de nueve años, es vaciar el lavavajillas. Sin embargo, esta mañana, excitado por la llegada de sus abuelos y tíos, se ha olvidado de hacerlo. Su descuido provoca que limpiar y ordenar la cocina después de la cena sea más trabajoso que de costumbre. Su hermana Kristin, de once años, ha retirado los platos de la mesa. Sin embargo, puesto que el lavavajillas está lleno, tiene que dejar los platos sucios sobre el mármol de la cocina. Mientras la madre guarda los restos del pavo en el frigorífico, la tía Lucy limpia las cacerolas y potes. Entretanto, el padre irrumpe en la cocina para dejar el servicio de café sobre el mármol y llevarse una docena de copas (que siguen todavía en el lavavajillas) para servir los licores. La cocina está tan concurrida que ni siquiera cabe un alfiler. En definitiva, la típica estampa del caos propio de una celebración familiar.

Cuando el padre pregunta a su esposa dónde están las copas, la madre llama a Joey desde la cocina.

—Joey, necesitamos que nos eches una mano. Ven a vaciar el lavavajillas...

Al escuchar a su madre, se levanta de un brinco de la silla. Ha olvidado cumplir con la tarea doméstica que tiene asignada el peor día del año. Consciente de su descuido, corre hacia la cocina y, con la ayuda de su hermana, cumple con su obligación.

Este incidente ha servido a Joey para comprobar hasta qué punto su comportamiento afecta al resto de la familia. Aunque este ejemplo sea anecdótico, ilustra a la perfección que nuestra interdependencia es mucho más que un mero factor accidental en la vida familiar cotidiana. De hecho, aprender a cooperar y colaborar con entusiasmo y afecto enseñará a nuestros hijos a relacionarse con los demás en el futuro. Cuanto más contribuyan a aunar sus esfuerzos con los otros miembros de la familia para conseguir un objetivo común, más gala harán entre sus amigos, vecinos y colegas de espíritu de cooperación, algo inherente a las relaciones sociales. Además, si nuestros hijos aprenden a participar constructivamente en todos los ámbitos en que se vean inmersos, contribuirán a hacer del mundo un lugar más hermoso.

La red familiar

La estructura tradicional de la familia está cambiando. Pocos niños crecen junto a ambos progenitores. Mientras la educación de algunos corre a cargo de sus padres solteros, sus abuelos u otros familiares, hay otros que tienen la suerte de tener dos madres o dos padres. Cómo esté constituida la familia es lo de menos, lo importante para nuestros hijos es saberse apreciados y amados.

Si los niños están rodeados de adultos afectuosos, responsables y amables, serán sin duda buenas personas. La relación informal que nuestros hijos mantienen con la familia cercana o lejana, así como con los amigos íntimos de los padres, beneficia la sociabilidad de nuestros hijos. Puesto que no podemos pasar todo el tiempo que desearíamos con nuestros hijos, la presencia y atención de los abuelos, tíos y amigos, brinda a los niños la posibilidad de estar atendidos y de compartir con ellos buenos momentos.

Jimmy, de nueve años, tiene dificultades para construir la maqueta de un aeroplano. El niño necesita la ayuda y apoyo de un adulto, pero su padre está demasiado ocupado y, francamente, no tiene demasiada paciencia. Sin embargo, el abuelo parece divertirse mucho ayudándole a pegar las distintas piezas del avión.

El tiempo que nuestros hijos pasan con sus abuelos es muy valioso porque les permite ser conscientes del amor y la sabiduría propios de la tercera generación. A menudo, los abuelos disponen de mucho más tiempo que el que pudieron compartir con sus propios hijos. Puesto que ya no tienen tantas obligaciones como solían y han cumplido con sus deberes prioritarios, trabajar y mantener a su familia, disfrutan plenamente en compañía de sus nietos.

Además de los habituales talleres de padres, también imparto clases especiales de vida familiar para abuelos. Gracias a esta experiencia he podido comprobar que la mayoría de las abuelas a menudo necesitan hablar de los errores que suponen cometieron al educar a sus hijos. Uno de los reproches más comunes acostumbra ser: «En lugar de trabajar tanto, tenía que haber jugado más con mis hijos.» De pronto parecen comprender que disponer de tiempo para jugar con los niños y consolidar una del salón y a colocar en el suelo las toallas de baño. Mientras la madre abre la sombrilla de sol, el padre hincha un balón de playa y conecta el reproductor de discos compactos. De pronto la música veraniega de los Beach Boys empieza a sonar y los niños, vestidos con bañadores y cubriendo sus ojos con gafas de sol, empiezan a bailar, reír y jugar. Cuando la fiesta playera termina y todo vuelve a la normalidad, los niños siguen hablando de la fiesta tan divertida que acaban de celebrar.

—¡Ha sido demasiado! —exclama la niña, de doce años—. ¿Podemos volver a repetirlo mañana?

Para nuestros hijos es importante saber que pueden divertirse con su familia. No es preciso que sientan que sólo pueden hacerlo fuera del hogar. Cuando nuestros hijos comprenden que las risas, la diversión y la camaradería forman parte de la vida familiar, se sentirán más felices y la comunicación con nosotros será más franca y sincera. Crear esta atmósfera familiar les ayudará a abrirse a nosotros cuando alcancen la adolescencia. Es más, cuando les llegue la hora de formar su propia familia sabrán cómo crear una atmósfera familiar sólida y acogedora para sus hijos.

Fusionar el pasado con el futuro

El ritmo general de nuestra vida cotidiana constituirá los recuerdos de la vida familiar de nuestros hijos. Estas experiencias y relaciones les acompañarán siempre en su relación con los demás, su matrimonio, su propia familia, es decir, en su vida futura.

Como he venido puntualizando a lo largo de todo el libro, es cuanto hacemos, y no tanto lo que decimos o creemos, lo que cuenta a la hora de educar a nuestros hijos. Nuestros valores familiares son transmitidos de generación en generación a través de nuestra forma de obrar. Nuestros hijos son testigos oculares de ello y almacenan en su memoria nuestro modo de vivir el día a día, lo cual les servirá como modelo durante toda su vida y, por extensión, para educar a sus propios hijos. Así pues, podríamos considerar que nuestras acciones son como una cadena de amor que une el pasado con el futuro a lo largo de las generaciones.

Ofrecer a nuestros hijos un mundo repleto de ánimo, tolerancia y elogios, un mundo donde son objeto de nuestra aceptación, aprobación y reconocimiento, un mundo donde pueden compartir la honestidad, la justicia, la amabilidad y la consideración, puede sin duda marcar la diferencia en sus vidas y en la calidad de vida de todos aquellos con quienes se relacionen.

Esperemos de ellos siempre lo mejor y hagamos extensible nuestra esperanza a todos los niños del mundo. Hagamos todo lo posible por ayudarles a mejorarlo y a ser mejores. Después de todo, se trata de nuestro vecindario, de nuestro pueblo, de nuestro país y de nuestro planeta. Hagamos todo lo posible por asegurarnos de que nuestros hijos se adentrarán en un futuro en el que desaparecerán gradualmente el miedo, la hambruna, los prejuicios y la intolerancia, un futuro en el que reinará la solidaridad y la concordia en la gran familia de la humanidad.

Allanemos el terreno para que nuestros hijos caminen con seguridad con él, para que contemplen el mundo con nuevos ojos, para que descubran que pueden convertirlo en un maravilloso lugar para vivir.

relación de amistad es una actividad que enriquece y beneficia a toda la familia.

La familia cercana es también para nuestros hijos una red que les permite abrirse paso hacia nuevas formas de vida social. Cuantas más persona formen parte de esta tupida red, más apoyo tendrán nuestros hijos en los momentos difíciles.

Dale, la tía de Megan, casi siempre sorprende a la niña, de doce años, cuando la espera a la salida de la escuela. La invita a tomar un helado con chocolate y a veces acompaña a Megan y a sus amigas a la piscina local. Una vez, incluso las llevó a todas a la ciudad para asistir a un musical. Cuando Megan tiene algún problema en la escuela y prefiere que sus padres no se enteren, llama a su tía, siempre dispuesta a escucharla, y habla con ella. Pero lo más importante es que Dale quiere a Megan y la niña la considera parte de la familia. Para los padres, puede ser un alivio saber que cuando la niña evita discutir sus problemas con ellos, ésta tiene alguien en quien confiar, alguien maduro y con buen criterio para aconsejarla.

Aquellos que no tenemos la suerte de vivir cerca de nuestros familiares, consolidamos una sólida red con nuestros amigos más íntimos que, como si de miembros de la familia se tratara, también ayudarán y aconsejarán a nuestros hijos. En uno de mis talleres familiares, una mujer explicó abiertamente su experiencia al respecto.

—Tras morir mi madre, una de sus amigas empezó a visitar habitualmente a mi familia —comentó—. Nuestra primera hija acababa de nacer y la amiga de mi madre, que no tenía nietos, empezó a tratarla como si fuera su nieta. Gracias a su presencia, pude sobrellevar mucho mejor la muerte de mi madre. La relación que entablamos ha durado hasta el día de hoy. A primera vista es como si ella hubiera adoptado a mi hija como nieta y yo a ella como madre.

Las relaciones sólidas con familiares y amigos fuera del hogar paterno amplían la visión parcial del mundo de nuestros hijos. Se trata de una extensa red creada por adultos que quieren a nuestros hijos y enriquecen su mundo. Gracias a ellos, el mundo les inspira curiosidad, les brinda nuevas y excitantes experiencias que trascienden la atmósfera cotidiana familiar. Los adultos que conforman esta red prorcionan también a nuestros hijos la posibilidad de ser conscientes de que no sólo sus padres confían y creen en ellos. Puesto que todo individuo posee talentos únicos y una peculiar y personal perspectiva respecto al mundo, cuantos más adultos se relacionen activamente con nuestros hijos mejores personas serán en el futuro.

Celebraciones familiares

Las celebraciones familiares tienen mucha importancia para los niños. Cuando el clan familiar se reúne, los niños juegan juntos y los adultos hacen comentarios acerca de lo mucho que han crecido desde la última vez, o lo elegantes, guapos o fuertes que están. Los niños, por supuesto, se sienten incómodos ante semejantes muestras de efusividad; sin embargo, también se sienten apreciados y queridos por sus familiares.

A medida que van creciendo, tomar parte activa en este tipo de reuniones les ayudará a consolidar las raíces del tronco familiar y a desarrollar un sentido de la pertenencia que les ayudará a abandonar el hogar familiar para explorar el mundo. Las reuniones familiares son rituales con que celebramos nuestras tradiciones étnicas y culturales y en los que suelen contarse las viejas historias del pasado. A los niños les encanta escuchar las aventuras infantiles o juveniles de sus padres. A través de estas historias descubren nuevos aspectos de sus padres y aprenden a ser conscientes de que también ellos fueron niños alguna vez. Estas historias también pueden ayudarles a comprender que el paso del tiempo entraña cambios y también a proporcionarles una visión más real del abstracto devenir temporal: si una vez sus padres fueron niños, un día ellos serán padres.

Las celebraciones familiares también aportan a nuestros hijos la posibilidad de conocernos, no ya como padres, sino como personas. A veces se sorprenden, y en ocasiones hasta se asustan, cuando hacemos algo inesperado: descalzarnos y bailar viejas melodías como si tuviéramos quince años y, por un día, no apremiarles a que se acuesten. ¡La vida es durante unas horas una fiesta!

De camino a casa tras una reunión familiar, Billy pregunta a su padre:

—¿Sabías que eres el tío favorito de Mikey?

—A decir verdad, lo suponía —sonríe el padre.

—¡Menuda sorpresa! —exclama Billy. Descubrir lo importante que su padre era para su primo favorito ha brindado a Billy la oportunidad de respetar todavía más a su padre como persona.

Si las reuniones familiares se celebran durante las vacaciones, los niños tienen la oportunidad de aprender otra forma de ser conscientes del paso del tiempo y de que se están haciendo mayores. A menudo, las fotografías que tomamos de esos momentos que pasamos juntos, y especialmente cuando las reuniones son anuales, sirven a los niños para comprobar lo mucho que han crecido desde la última vez. A veces es divertido tomar fotografías de las nuevas generaciones utilizando como modelos las viejas instantáneas familiares. Tanto los niños como los adultos se divierten posando tal como solían hacer nuestros abuelos y bisabuelos y comparando las nuevas con las antiguas.

Las celebraciones familiares pueden ser también un buen momento para representar los viejos rituales familiares que pasan de generacion en generación. En mis reuniones familiares, por ejemplo, solemos encender velas por todos aquellos que ya no están entre nosotros. Antes de empezar a comer o cenar, asimos nuestras manos y guardamos unos minutos de silencio en memoria de los seres queridos que murieron.

Celebrar el día a día

No es necesario aguardar hasta la llegada de las vacaciones para disfrutar de una atmósfera festiva. A veces invocar al espírítu de las vacaciones puede obrar milagros y transformar un día rutinario es una ocasión inolvidable.

Las vacaciones navideñas pronto terminarán. Hasta entonces mamá ya no sabe qué idear para distraer a sus cuatro hijos y a su sobrino. El tiempo no es el más propicio para salir a pasear y los niños están muy inquietos.

—¡Tengo una idea! —exclama la madre—. ¡Celebremos una fiesta playera!

Los niños no dan crédito a la sugerencia.

—¿Estás bromeando? —pregunta el mayor.

—En absoluto —niega ella—. Empecemos ahora mismo a organizarla.

—Pero, mamá, es invierno y hace mucho frío para ir a la playa —protesta otro de los niños—. ¡Moriremos congelados!

—Celebraremos nuestra fiesta playera aquí mismo, en el salón —replica la madre—. Retiraremos el sofá y nos broncearemos con la luz de la lámpara.

A pesar de su perplejidad, los niños empiezan a tomar parte activa en la organización de la fiesta: hablan de cómo se vestirán, qué discos escucharán y, por supuesto, qué habrá de comer. La madre les promete preparar salchichas y sus sándwiches preferidos, y los niños no pueden por menos que saltar de alegría.

El día siguiente amanece gris y muy frío. No obstante, la madre enciende la calefacción y el padre prepara un buen fuego en el hogar. Entretanto, los niños ayudan a retirar los muebles